Martin Schleich

Die letzte Hexe

Volksstück in drei Aufzügen

Martin Schleich

Die letzte Hexe
Volksstück in drei Aufzügen

ISBN/EAN: 9783743654112

Hergestellt in Europa, USA, Kanada, Australien, Japan

Cover: Foto ©Andreas Hilbeck / pixelio.de

Weitere Bücher finden Sie auf **www.hansebooks.com**

Die letzte Hexe.

---•◦○◦•---

Volksstück in drei Aufzügen

von

Martin Schleich.

(Den Bühnen gegenüber Manuscript.)

Preis 7½ Sgr. = 27 kr.

München.
Verlag von E. H. Gummi's Buchhandlung
(Gust. Beck).

Die letzte Hexe.

Volksstück in drei Aufzügen.

Perſonen.

Jörg von Stapfen, Stadtrichter.

Heiß, ſein Beiſitzer.

Johann Hainſtöchl, des innern Raths geheimer Sekretarius.

Spaten,
Tuchtlinger, } Mitglieder des innern Raths.

Frau Döpflin, Weinſchenkenswittwe.

Konrad, Student
Xaver, } ihre Söhne.

Rosl, ihre Anverwandte.

Manni, alte Magd der Frau Döpflin.

Frau Meierlin, Bierbrauerswittwe.

Hans, ihr Sohn.

Rathsherren.

Der Rathdiener.

Stadttrabanten.

Die Handlung ſpielt in der erſten Hälfte des vorigen Jahrhunderts.

12

Erster Aufzug.

Scene 1.

Rosl. Nanni. (Beide mit Herrichtung von Tischwäsche beschäftigt.)

Nanni.

Rosl, 's muß Dir doch aut thun in der Stadt her-
innen. Die meiste Zeit im Zimmer sein, ein Glas um's
andere einschenken, allemal sagen: „Geseg'ns Gott!", zu
jedem Spaß, den so ein alter Krarler macht, lachen, und
sich gelegentlich in die Backen zwicken lassen — dazu gehört
schon ein guter Stadtmagen.

Rosl.

Aut thut's mir wohl. Wenn ich bei mir zu Haus
in der Schlafkammer zum Guckfensterl 'naus schau, ist's
freilich viel schöner als da, wo man nichts sieht, als 'n

12 *

Marktplatz seine Häuser. Obwohl ich 's sagen muß, daß mir die vielen Muttergottes Bilder recht gefallen.

Nanni.

Sonst, mein ich, hast Du wohl nicht viel Heimweh?

Rosl.

Könnt' nit klagen.

Nanni (schelmisch).

Man kann ja in der Stadt auch was finden, was einem gefällt.

Rosl.

Wart! Du bist eine Feine! Siehst schon darnach aus.

Nanni.

Na, was geht's mich an; ich bin nur froh wenn Dich was halten kann, dahier, denn ich hab Dich recht gern und müßt' weinen, wenn D' wieder fortgingst. Am Abend beim Spinnen unterhalten wir uns allezeit gar so gut.

Rosl.

Muß sagen, b' Frau Bas thut recht herzlich mit mir, und ich hab's gut in dem Haus. Nur der Xaverl ist mir zuwider.

Nanni.

In den ist sie wohl vergafft. Den hat sie sich verzogen!

Rosl.

Denk' Dir nur, was mir gestern passirt. Schleicht mir der Bub nach, auf'n Kastenboden, nimmt mich (auf die Hüften weisend) da 'rum und verlangt, ich soll ihm ein Bußl geben. „Geh weiter" sag' ich, „sonst mach' ich Dir ein' Schnuller und schlag Dir 'n um's Maul". Läßt mich der Kerl nit aus und zwickt mich vor Zorn; jetzt hab' ich aber ausgeholt, und hab' ihm eine auf sein' Backen 'nauf g'salzen, daß mich selber b' Hand 'brennt hat. Da hat er geheult: „Mei' Backen! Mei' Backen!" „Recht so," sag ich, „der soll Dir aufschwellen und gleich so hoch werden wie ein' Pasteten!" Wie ich 'n heut früh sieh — richtig hat er ein Tüchl um's G'sicht, und ist ihm der Backen so hoch. Es hätt' mich fast g'rissen, daß ich laut gelacht hätt', aber er hat mich doch wieder erbarmt.

Nanni.

Recht hast Du gethan. Seine Mutter steckt ihm alleweil zu, aber so was gesundes hat sie ihm noch nie zugesteckt, wie die Ohrfeige war.

(Beide ab in's Nebenzimmer rechts.)

Scene 2.

Konrad, (in Studentenkleidung, sein Päckchen an einem Schläger tragend).

(Guckt zur mittleren Thüre herein und ruft leise:) Nanni! he! Niemand da? (tritt ein.) Ich meinte wahrhaftig, ich hätte sie eben am Fenster gesehen. O, alte Nanni, ich hoffe, daß Du noch immer die alte „alte Nanni" bist; Du hast mich von Kindheit an immer protegirt, hast die strenge Erziehung meiner Eltern so vereitelt, daß an mir ein Früchtchen heranreifte, welches soeben an der Universität Ingolstadt durch alle Zweige der Wissenschaft durchgefallen ist. Ich bin ein muthiger Kerl und keine Klinge schreckt mich, aber vor dem Wiedersehen habe ich Angst! Ich möchte ein Vaterunser stammeln, aber da liegt mir immer nur eine Bitte auf der Zunge, und die heißt: „Vergib uns unsere Schulden!" — Ha, man kommt! (tritt seitwärts.)

———

Scene 3.

Konrad. Nanni, Kaffeegeschirr bringend.

Konrad (für sich).

Die Nanni! Sie ist dicker geworden, aber nicht schöner; (klopft sie auf die Schulter.) Nanni!

Nanni.

Jesses! (läßt das Geschirr fallen.)

Konrad.

Nur nicht erschrecken!

Nanni.

Wie kommst denn Du —

Konrad.

St! Ich bin incognito hier — kein Mensch darf es wissen — Herrgott, die Frau Mutter! (er versteckt sich hinter Nanni, die zeitweise ihre Schürze ausbreitet, um ihn zu bedecken.)

———

Scene 4.

Vorige. Frau Döpfllin.

Frau Döpfllin.

Na, was gibt's? Was hab' ich denn für einen Schrei gehört? Jesses! da liegt ja unser Kaffee?! Na, da freu' Sie sich, wie mein Xaverl losbonnern wird, Sie unacht= same Person, Sie! Ist Sie 35 Jahr' in meinem Haus und kann nicht einmal einen Kaffee in die Stube tragen? Wozu hat Sie denn ihre Augen? Zum Schauen einmal nicht, höchstens zum Schlafen. Ich wollt von mir noch nichts sagen, wenn nur mein Xaverl sein zweites Frühstück hätt'! Was hat Sie denn eigentlich gehabt, warum hat Sie denn geschrieen? Das möcht' ich wissen, wie Sie in Ihren alten Tagen noch zum Schreien kommt?

Nanni.

Verzeih' mir die Frau — ich kann nichts dafür.

Frau Döpfllin.

Natürlich, wenn die Ehehalten ein Geschirr zusammen= schlagen, können sie nie was dafür.

Nannl.

Wie ich da hereingeh', schießt g'rab eine schwarze Katz'
durch's Zimmer, auf's Gesims hinauf, und zum Fenster
hinunter.

Frau Döpflin.

Wir haben ja im ganzen Haus keine schwarze Katz!
Eine Ausred ist's! Sie ist schnell zur Thür' herein, hat
in die Luft geschaut, hat den Hafen fallen lassen und ist
nachher über ihre Dummheit selber erschrocken. Schäm'
Sie sich, in Ihren alten Tagen noch auf eine schwarze Katz
'nauf zu lügen.

Nannl.

War's jetzt, wie's will, ich zahl das Geschirr und koch'
einen neuen Kaffee.

Frau Döpflin.

Und mein Xaverl?

Nannl.

Na, der muß halt warten.

Frau Döpflin.

So? der wird sich bedanken! Wenn mein Xaverl
einmal Kaffee will, so muß er ihn gleich haben, sonst
kommt er in Zorn, und das ist ungesund. Das arme
Kind hat ohnehin einen geschwoll'nen Backen. — Na,
wird's Ihr wohl gefällig sein, daß Sie die Scherben
aufhebt?

Nanni.

Ich — ich thät recht, schön bitten, daß die Frau wieder hinein ginge, ich genir' mich sonst.

Frau Döpflin.

Nein, da drinnen ist der Xaverl, da trau ich mich nimmer hinein, bis der Kaffee da ist.

Xaver (von innen).

Mutter!

Frau Döpflin.

Hört Sie ihn — jetzt wird er schon ungedulbig.

Xaver (von innen).

Mutter — meinen Kaffee!

Frau Döpflin.

Mein Gott! was er für ein Begehren hat, wenn's ihm nur nicht schad't! Es heißt, man soll die Buben nicht so schreien lassen. Jetzt macht mir der Konrad, der lüberliche Student schon so viel Verdruß — und Sie muß mich auch noch ärgern! Der Xaverl ist meine einzige Freud' und nicht einmal einen Kaffee kann ich ihm geben. Halt, es ist ja noch ein Lebzelten da, vielleicht ißt er den derweil! (holt ein großes Stück aus der Tischlade.)

Xaver
(den man mit den Händen in den Tisch schlagen hört).

Mutter!!

Frau Döpfltn.

Gleich, lieb's Herz, gleich! (zu Nanni.) Mach' Sie
schnell mit dem Kaffee, damit er ihn hat, wenn er mit
dem bißchen Lebzelten fertig ist.

(Ab ins Zimmer links.)

Scene 5.

Nanni. Konrad.

Konrad (hinter Nanni hervorkommend).

Das muß ich schon sagen, mit mir ist man strenger
umgegangen; freilich lebte damals der Vater noch. Aber
da hast Du Mutterstelle vertreten und an mir eben so
edel gehandelt, wie die Mutter jetzt am Xaverl.

Nanni.

Aber wie kommst denn Du auf einmal —

Konrad.

Du weißt, ich studirte auf der hohen Schule zu Ingolstadt, und pflog daselbst der Juristerei. Die Frau Mutter hätte gerne einen Theologen an mir erlebt, aber ich
kann das Predigen nicht vertragen, ich leide am Schwin-
del und könnte auf keiner Kanzel stehen. Die Medicin
taugte mir auch nicht, denn als guter Christ wünsche ich

allen Menschen Gesundheit, und wenn ich Arzt bin, kann ich doch nichts wünschen, was mich brodlos macht. Da wendete ich mich zur Jurisprudenz; aber ich hätte es nicht gethan, wenn ich gewußt hätte, daß unsere Gesetzbücher gar so dick sind. Ich habe es bei der heiligen Justiz nicht weiter gebracht, als zur untersten Stufe, nämlich zu zwei großen Fanghunden, die ich bei meiner Abreise an den Frohnknecht des Schuldthurmes verschenkte.

Nanni.

Mir schaudert die Haut.

Konrad.

Mir auch. Mein Magen ist wie eine Trinkstube am frühen Morgen; kalt und gar nicht aufgeräumt. Du mußt mir eine Portion Kaffee mitkochen, aber viel! Gib lieber dem Xaverl weniger.

Nanni.

Sag mir nur, was Du jetzt da thust?

Konrad.

Weißt Du, was ein Examen ist?

Nanni.

Nein!

Konrad.

Sei froh. Ein Examen ist die Tortur für die ehr=lichen Leute; man wird da zwischen Furcht und Hoffnung aufgehängt und dann um verschiedene Dinge gefragt. Verweigert man die Antwort, plumps lassen sie einen durchfallen. Mich haben sie auch darauf gespannt, um mir einige wissenschaftliche Geständnisse abzulocken; aber ich blieb standhaft, und habe nicht mehr gesagt als ich wußte — gar nichts! Mach mir Kaffee, und laß mich derweil in Deine Kammer.

Nanni.

Warum denn in meine Kammer?

Konrad.

Weil mich die Frau Mutter nicht sehen darf. Ich bin in Ingolstadt zu gleicher Zeit durchgegangen und durchgefallen, ich bin nicht nur meinem Professor verschiedene Antworten, sondern auch den Philistern verschiedene Thaler schuldig geblieben. Das darf sie nicht alles auf einmal wissen, die zu große Freude könnte ihr schaden. Du mußt sie vorbereiten.

Nanni.

Ich?

Konrad.

Verhilf mir wieder zur Liebe und Gnade der Frau Mutter; vorläufig bin ich mit etwas Kaffee zufrieden. Gib mir den Schlüssel.

Nanni.

Ich kann nicht; die Rosl logirt auch in meiner Kammer.

Konrad.

Die Rosl? Ist eine Rosl in dem Haus?

Nanni.

Nun, die Försterstochter, vom Herrn Vetter, vom Grünacher.

Konrad.

Hat der in dem Wildstand seiner Familie auch Rosln? Etwa sauber? Wie? Blaue Augen? Blühendes Gesicht? So was man sagt: — recht gesund? Ganz mein Geschmack! Herrlicher Zufall — kaum setze ich einen Fuß ins Haus, so gibts schon ein Liebesabenteuer. Gaudeamus igitur — juvenes dum sumus —

Nanni.

Ja dumm — da hast Du Recht! Dumm bist!

Konrad (macht Miene, den Schläger zu ziehen).

Nanni, willst Du mich touchiren?

Nanni.

Meinst Du, es braucht nur hereinkommen und die liederliche Wirthschaft fortsetzen, wie Du sie in Ingolstadt angefangen hast? Dir bleibt der Schnabel sauber und der Rosl auch, dafür bin ich da.

Konrad.

Aber Nanni, Du hast doch früher meine Neigungen unterstützt —

Nanni.

Das waren Dummheiten! —

Konrad (greift an seinen Schläger).

Schon wieder Touche?

Nanni.

Jetzt wärst Du aus den Kinderschuhen draußen, jetzt fielen Dir andere Sachen ein; aber da findest Du an mir ehrlichen Person keine Helferin. Da, nimm' den Kasten= bodenschlüssel. Schau derweil zum Fenster 'naus, bis ich Dir den Kaffee bring und schlag Dir d'Rosl aus dem Kopf. Denk' lieber an Deine Bücher, Du durchgefall'ner Student! (Ab.)

Konrad.

Na, die Alte hat sich gut ausgewachsen. — Aber ich habe mich ihr vertraut, und muß mich nach ihr richten. Was ich neugierig bin auf die Rosl — Herrgott, da kommt schon wieder Jemand.

(Schnell durch die Mitte ab.)

————

Scene 6.

Frau Döpflin mit Xaver.

Frau Döpflin.

Komm, Xaverl, komm! wenn's Dir in der Stuben

nicht warm genug ist, geh'n wir da 'raus. Komm,
Buberl —

Xaverl.

Mutter, laß mich in Ruh —

Frau Döpflin.

Ich thu Dir ja nichts, lieb's Kind. Wie ist Dir
denn? he?

Xaver.

Zahnweh'!

Frau Döpflin.

Mein Gott, ich wollt' ja gern, ich hätt's statt Deiner.

Xaver.

Hi, Hi! — Du hast ja gar keinen Zahn!

Frau Döpflin.

Was? Wart' Du Schlingel, Du netter! Was das
für ein gescheidtes Kind ist, da muß man nur staunen.
Hab nur eine kleine Geduld, der Kaffee wird gleich kommen. Kleckt der Lebzelten, oder soll ich noch um einen
fortschicken?

Xaver.

Ich möcht 'n Kaffee!

Frau Döpflin.

Die Nanni wird'n gleich bringen. Nimm derweil ein
paar Bröckeln Zucker.

Xaver.

Wo sind denn meine Aepfel?

Frau Döpflin.

Aepfel? Hast Du denn Aepfel gehabt, Xaverl? Schau, Du hast ja keine gehabt, wenn Du aber willst, will ich gleich um welche fortschicken.

Xaver.

Nein, ich möchte Zwetschken!

Frau Döpflin.

Schau, jetzt gibt's ja keine. Aber magst Du vielleicht gedörrte? Gedörrte Zwetschken will ich Dir holen lassen.

Xaver.

Nein! (Klopft mit den Fäusten auf den Tisch.)

Frau Döpflin.

Na, wart, morgen muß Dir die Nanni Zwetschken= bavesen machen. Gelt ja? Thun Dir Deine Zähn' noch immer weh?

Xaver (pfeift).

Frau Döpflin.

Wie hübsch er pfeifen kann! Xaverl, hast Du noch immer Zahnweh'?

Xaver.

In Ruh' laß mich!

Frau Döpflin.

Er hat Recht; ein Patient ist viel empfindlicher wie ein Gesunder. Jetzt fällt mir aber was ein! Magst Du vielleicht etwas Meth? Ja? Einen recht guten, und so kleine Pfefferkuchen dazu, weißt Du, die Du so gern iß'st?

Xaver.

Ich weiß nicht, warum man mir alles mögliche geben will, nur keinen Kaffee? Den möcht' ich, und grad' den krieg ich nicht! Na, wie man in dem Haus 'coujonirt wird, das ist nicht zum aushalten! (Heult.)

Frau Döpflin.

Ich bitte Dich um Gotteswillen, Xaverl, sei ruhig. Schau, ich thu ja gern, was Du willst. (Geht zur Thüre.) Nanni! Jetzt mach' einmal vorwärts.

(Während sie die Thüre aufmacht, steht Nanni mit Kaffee unter derselben.)

Scene 7.

Vorige. Nanni.

(Nanni stellt Alles auf den Tisch.)

Frau Döpflin.

So, Herzerl, gesegn' Dir's Gott! Jetzt laß Dir's schmecken. Hast Du Hunger, he?

13

Xaver.

Was ist denn das?

Frau Döpflin.

Dein Kaffe.

Xaver.

Ich mag keinen Kaffe, wenigstens den nicht, der schaut ja aus wie Hutzelwasser!

Frau Döpflin.

Aber Kind, das ist ja der beste Kaffe, den man haben kann — bei Hof trinken sie keinen bessern.

Xaver.

Nachher trink' ihn nur selber, wenn er so gut ist! Ich mag meinen Magen nicht überschwemmen mit solchem Gesäuf.

Frau Döpflin.

Ja, Nanni, er hat Recht, alleweil Kaffe, das taugt nichts — es überschwemmt den Magen. Was der Bub gescheidt daher red't, das ist merkwürdig.

Xaver.

Was mich meine Mutter coujonirt, das ist merk= würdig.

Nanni.

Das ist aber doch eine sündhafte Red', Xaverl.

Xaver.

Hat sie mir nicht soeben Meth versprochen, und jetzt gibt sie mir keinen? Wenn das nicht coujonirt ist —

Frau Döpslin.

Richtig, da hab' ich ganz vergessen. Gelt, Xaverl, jetzt hätt' ich Dir wieder umsonst die Zähne lang gemacht. Was man verspricht, das muß man halten. Nanni, geh' fort und hol' eine Halbe Meth und was Gut's dazu; aber geschwind. (Nanni ab.)

Scene 8.

Vorige. Frau Meierlin.

Frau Döpslin.

Das ist gescheidt, Frau Meierlin! Sie kommen just recht, daß Sie mir meinen Kaffee trinken helfen.

Frau Meierlin.

Bitte, Frau Döpslin, deßwegen bin ich nicht da.

Frau Döpslin.

Schon wieder andächtig gewesen?

Frau Meierlin.

Was halt sein muß; gar zu stark streng' ich mich nit an. Grüß Dich Gott, Xaverl, was fehlt denn Dir?

Frau Döpflin.

Einen geschwoll'nen Backen hat er. Denken Sie sich nur, der kam ihm auf einmal wie angeflogen.

(Man setzt sich zum Tisch. Xaver kniet ungezogen auf den Stuhl.)

Frau Meierlin.

Der Mensch muß halt immer was zu leiden haben.

Frau Döpflin.

Ja freilich. Namentlich mein Xaverl, der arme Narr, ist in einem fort geplagt.

Frau Meierlin.

Frau Döpflin, ich komm' in einer Sach', die uns alle zwei angeht. Lassen Sie den Xaverl hinausgeh'n.

Frau Döpflin.

Nein, das trau' ich mich nicht! Er kommt sonst wieder in Zorn, und da könnt' ihm sein Backen noch größer werden. Reden Sie nur ganz ungenirt, er merkt nicht auf, und wenn er auch aufmerkt, er versteht's nicht. Wart', Xaverl, nimm' Dein' Eulenspiegel, und schau die Bilder an. (Gibt ihm ein Buch.) — Nun, also, was ist's?

Frau Meierlin.

Sie wissen, mein Mann ist gestorben.

Frau Döpflin.

Der meinige auch, Gott tröst' sie alle Zwei!

Frau Meierlin.

Mein Hans war immer brav, und ist jetzt ein gro=
ßer, starker Mensch.

Frau Döpflin.

Ja wohl; ich freu' mich d'rauf, wenn mein Xaverl
auch einmal so groß wird.

Frau Meierlin.

Er führt mir's Geschäft ganz prächtig; steht in aller
Früh auf, und bei der Nacht auch, wenn's sein muß. Der
Bräumeister hat den größten Respekt vor ihm, und so lang
er mitthut, ist uns unberufen noch nicht das geringste Un=
glück passirt. Ich muß sagen, mit Hans bin ich recht
aufgericht't, und Sie können Sich denken, was das für
ein Glück ist für eine Wittib, wenn sie mit einem jungen
Mann so was man sagt — aufgericht't ist.

Frau Döpflin.

Ja, das ist wahr; mein Student, der taugt nichts,
aber mit meinem Jüngsten bin ich recht zufrieden; auf
den kann ich mich in der Zukunft ganz verlassen. Gelt ja,
Xaverl?

Xaverl.

Gibst jetzt noch kein' Ruh?

Frau Meierlin.

Mein Hans geht jetzt in's 24. Jahr, ich bin, Gott
sei Dank, noch gesund und kräftig, und kann ihm noch

vieles lernen, und ich muß sagen: der Bursch nimmt
was an.

Frau Döpflin.

Der meinige auch. (Zu Xaver:) Gelt, Du nimmst
auch was an? •

Xaver.

Wenn ich was krieg'!

Frau Meierlin.

Sie werden selbst einsehen, daß es ein Unsinn wär',
wenn mein Hans jetzt schon heirathen wollt', wo ich
noch da bin. In Austrag laß_ ich mich noch nicht thun.
Ich und mein Mann selig, wir haben das Geschäft her-
gericht't, wir haben 's Geld erworben, und ich bin nicht
die Frau, die sich nach einer hergelaufenen Person richten
thut. (Man steht auf.)

Frau Döpflin.

Da haben Sie ganz recht in Ihrem Geschäft. Bei
mir wär's was anderes. Wenn mein Xaverl einmal heirathen wollt', ich leget ihm nichts in den Weg. Gelt ja?
Da lacht er! Ein Hauptschlingel, der Xaverl!

Frau Meierlin.

D'rum hab' ich Ihnen sagen wollen, Frau Döpflin,
daß mein Hans seit einiger Zeit nimmer der alte Hans
ist. Das Geschäft freut ihn auf einmal nimmer; ich muß
überall selber nachschauen, wenn ich will, daß nichts aus-

lauft und nichts anbrennt; wär' Noth, ich kaufte noch
selbst auf der Schranne ein. Manchmal fängt er an zu
seufzen; es schmeckt ihm kein Essen mehr, und woher
kommt's? — Verliebt ist er! — Jetzt bitt' ich Sie —
war der Mensch immer so arbeitsam, so frisch und gesund
— auf einmal verliebt er sich! — (Leise:) Jesses, es ist ja
der Xaverl da, lassen Sie ihn doch 'nausgeh'n!

Frau Döpflin.

O, der versteht's ja nicht.

Frau Meierlin.

Und wissen Sie in wen? Wissen Sie — wer ihm
den Zustand angethan hat? Ihre Rosl!

Xaver (zwischen beide tretend).

Was, die Rosl?

Frau Meierlin.

Merk' auf Dich, Xaverl. Was die großen Leut' reden
geht Dich nichts an!

Xaver.

Jetzt muß ich mir 's Maul auch noch bieten lassen
da geh' ich lieber ganz aus 'm Haus; das ist keine Be-
handlung mehr.

Frau Döpflin.

Sei ruhig, Xaverl, es war nicht so bös gemeint. —
Frau Meierlin, Sie müssen mein Kind nicht so anfahren

es ist ohnehin nervenschwach und da könnt' ihm leicht
was zustoßen.

————

Scene 9.

Vorige. Nanni (mit Meth).

Nanni.

Der Meth!

Frau Döpflin.

Na, Gottlob, der kommt grad recht.
(Will ihm selben anbieten.)

Xaver.

Ich mag jetzt keinen Meth, ich muß jetzt auf die
Geschichte da aufmerken.

Frau Meierlin.

Meinetwegen, wenn Sie's leiden. — Ja, die Rosl
hat mir meinen Hans aus'm Concept gebracht. Und
wissen Sie, wo sie zusammen kommen? Unter den „fin=
stern Bögen“, beim Gebetläuten, da hat sie's Wasser ge=
holt am Schrannenplatz. Meine Leut' waren ihnen schon
lange auf der Spur, und vorgestern hat man sie gesehen;
und hätt' man sie auch nicht gesehen, so hätt' man sie gehört,
denn das sollen ja Schmatzer g'wesen sein, daß man sie
über'n Fischbrunnen 'nüber hört.

Xaver.

Hi! hi! hi!

Frau Döpflin.

Was lachst Du denn, Xaverl!

Xaver.

Ueber'n Fischbrunnen, hi! hi! hi!

Frau Döpflin.

Und was soll ich nachher thun in der Sach?

Frau Meierlin.

Die Rosl wieder hinschicken, wo sie herkommen ist.

Frau Döpflin.

Der Rosl ihr Vater ist ein Bruder zu meiner Schwe=
ster ihrem Mann seiner Mutter, und der Rosl ihre Mutter
ist voriges Jahr gestorben, und da hat mich der Grünacher
gebitt', ich möcht' das Dientl in's Haus nehmen; als
Förster hat er viel Verdruß und Verantwortung, und wenn
er Abends vom Holz heimkommt, so ist er müd' und
durstig, bei ihm kriegt die Person weder die rechte Erzieh=
ung, noch die rechte Aufsicht.

Frau Meierlin.

Bei der hilft keine Aufsicht mehr.

Frau Döpflin.

Ich will ihr die Sach' ernstlich untersagen, und
darf sie mir keinen Schritt mehr aus'm Haus.

Frau Meierlin.

Das ist nicht genug; bevor die Person nicht aus der Stadt kommt, hat mein Hans keine Ruh'.

Frau Döpflin.

Hören Sie, es könnt' umgekehrt auch sein!

Frau Meierlin.

Ich kenne meinen Hans, wie er ist, oder vielmehr wie er war, sein reines Herz, seine Anhänglichkeit, seinen Fleiß. Ich sag' Ihnen, das kann nicht mit rechten Dingen zugehen. Neulich liegt ein Zettel in seinem Bett; hören Sie, was da drauf steht:

> „Rosl, mir ist himmlisch wohl,
> „Wenn ich Dich nur seh';
> „Aber ohne Deinen Kuß
> „Thut mir Alles weh!
> „Von Allem, was ich hab' auf Erben,
> „Lieb ich, Rosl, Dich zuerst,
> „Ja ich möcht' nicht selig werden,
> „Wenn Du nicht im Himmel wärst."

Haben Sie schon so was gehört? Wenn er sie nicht sieht, thut ihm Alles weh? Früher hieß es: „Na, was der Hans so stark wird, der wächst ganz seinem Vater nach", und jetzt magert er Ihnen ab, wie ein Rab' im Winter. Sie ist ihm das Liebste auf Erden, von der Mutter geschieht keine Rede mehr? wenn die Rosl nicht in den Himmel kommt — und unter den finstern Bögen ist keine Himmelsthür — so mag er nicht selig werden! Das heißt mit andern Worten, er will mit ihr zum Teufel fahren!

Da frag ich einen vernünftigen Menschen, ob das mit natürlichen Dingen zugehen kann?

Frau Döpflin.

Ich glaub' schon. Ich will das Dechtlmechtl mit'm Hans nicht in Schutz nehmen und leid's auch nicht, aber wenn die Rosl einen Schatz möcht', so ist sie so sauber, daß sie den Teufel nicht dazu braucht.

———

Scene 10.

Vorige. Hainstöckl.

Hainstöckl.

Grüß Gott allerseits! Wie geht's, wie steht's? Da komm' ich grad recht zum Kaffee? na, mach' mir auch nichts d'raus.

Frau Meierlin.

Was der Herr Rathschreiber gut aussieht!

Hainstöckl.

Passirt! bin leidend, sehr leidend! Hab' einen gewissen Appetitmangel, namentlich nach dem Essen; dafür aber fortwährenden Durst und dabei einen merkwürdigen Graus vor der Arbeit. Doktor Leistner sagt, wenn ich den Zustand 80 Jahre lang hab', kann ich alt dabei werben. Frau Döpflin, Ihnen geht's auch nicht schlecht? Sie kriegen ja ein Gesicht, wie ein gebratener Apfel? Grüß Dich Gott, Xaverl; schau', daß Dir der andere Backen auch so hoch wird, nachher kriegst Du eine Anstellung als Blasengel beim jüngsten Gericht.

Frau Döpflin.

Herr Rathschreiber, es ist kein Spaß —

Hainstöckl.

Das weiß ich, hab's selber schon gespürt. Ist aber leicht geholfen. Wie heißt der Xaverl mit'm Taufnamen?

Frau Döpflin.

Auch Xaverl.

Hainstöckl.

Da schreiben Sie auf ein Fleckl Papier „Xaverius", stechen es sieben Mal mit einer Nadel durch und werfen es an einem Freitag in einen Bach. Je weiter der Zettel fortschwimmt, desto mehr hört das Zahnweh auf.

Frau Döpflin.

Wenn's aber doch nicht hilft?

Hainstöckl.

Frau Döpflin, Sie sind doch recht ungläubig; wenn wir uns nicht so gut kennten, meinet' ich, Sie wären eine versteckte Freigeistin. Wenn's auf's erste Mal nicht hilft,

so wartet man halt, bis wieder ein Freitag kommt.
(Er trinkt Kaffe.)

Frau Meierlin.

Besten Appetit, Herr Hainstöckl.

Hainstöckl.

Bitte! Der Appetit ist ganz auf meiner Seite.

Frau Meierlin.

Na, was wissen Sie denn sonst Neues?

Hainstöckl.

Beim Rath ist wieder ein neuer Schreiber angestellt,
ein Ausländer.

Frau Meierlin.

Woher?

Hainstöckl.

Aus'm Schwäbischen. Ich ging eben mit ihm spa=
zieren, um ihm seine Pflichten einzuschärfen. Ich weiß:
der Beruf eines Schreibers ist bitter, wie die Tinte, aber
der Schreiber muß geduldig sein, wie das Papier, fein wie
der Streusand, und nachgiebig wie die Feder, die sich jeden
Wischer gefallen läßt. Man kann den jungen Leuten nicht
genug gute Lehren geben; die nachwachsende Generation
wird entsetzlich arrogant. Das machen alles die Illumi=
naten!

Frau Döpflin.

Wer sind denn die?

Hainstöckl.

Hat die Frau Döpstlin noch nie gehört, daß man von einem sagt, er ist illuminirt?

Frau Meierlin.

Ja, das hat mein Mann selig oft gesagt, wenn einer zu viel getrunken hat.

Frau Döpstlin.

Die trinken also gern?

Hainstöckl.

Die Frau Döpstlin hat nicht ganz unrecht; es gibt auch Illuminaten, die gerne trinken. Ein Illuminirter ist aber eigentlich ein solcher, der leuchtet, und die Illuminaten wollen die Welt, so zu sagen, erleuchten. Der Mensch soll durch das Brett, womit ihn die Natur vernagelt hat, durchschauen können. Geben Sie mir noch etwas Kaffe! Der Mensch hat einen Leib und einen Geist — und einen Zucker auch! Der Leib hat seine Kleidung und der Geist auch, nämlich die Wissenschaft — ein bischen schwarz — (läßt sich schwarz einschenken.) Es soll aber jeder Mensch standesgemäß gekleidet sein, am Leib wie am Geist. Wenn sich die Bauern tragen, wie die Edelleut', oder wenn sie gar wissen, was nur unser Einer zu wissen hat, so ist das gegen die churfürstliche Kleiderordnung.

Frau Meierlin.

Es ist ja ein alter Spruch: viel wissen macht Kopf weh!

Frau Döpflin.

Schau' nur Xaverl, daß Du zu Deinem Zahnweh nicht auch noch Kopfweh kriegst.

Hainstöckl.

Wir haben noch unsere gute, alte, hochnothpeinliche Gerichtsordnung und erst gestern war im innern Rath die Sprach' davon, daß sie bei dem immer mehr um sich greifenden Geist des Widerspruchs wieder eindringlicher angewendet werden soll.

Frau Meierlin.

Jetzt sag mir einmal der Herr Rathschreiber, ist das nicht möglich, daß eine Person einen Menschen so bezaubern kann, daß er sich — was man sagt — in sie zum Sterben verliebt?

Hainstöckl.

Frau Meierlin, das ist sehr möglich! Eine solche Person kann einen Menschen bezaubern durch einen Blick — freilich muß sie die Augen darnach haben — durch ein bloßes Lächeln — freilich muß das Maul darnach sein. Sie kann ihm aber auch in Speis und Trank, durch Wurzeln und Kräuter etwas beibringen, jedoch ist das der seltenere Fall. Der Teufel ist im Menschen so mächtig, daß er ihn auch ohne die geringste Wurzel zu einer Leidenschaft verleiten kann.

Frau Meierlin.

Herr Hainstöckl, hat Er meinen Hans gekannt?

Hainstöckl.

Ich hoff', ich kenn' ihn noch.

(Sie erheben sich, Hainstöckl steht zwischen den beiden Frauen.)

Frau Meierlin.

So nimmer, wie er war! — er sieht jetzt aus wie der Schatten an der Wand. Er ist verliebt, zehrt jämmerlich ab, und diese Leidenschaft hat ihm die Rosl angethan.

Hainstöckl.

Was? die Rosl? (zur Döpstlin.) Ihre Rosl?

Frau Meierlin.

Die Frau Bas glaubt's nicht, und ich bleib dabei, daß der böse Feind im Spiel ist. Mein Hans hat schon gar viele schöne Mädel gesehen, hat mit ihnen gescherzt und getanzt, aber um keine hat er sich weiter gekümmert. Die aber hat ihn an sich gelockt, hat ihm seine Seelenruhe geraubt, und wenn sie nicht aus der Stadt kommt — so stirbt er noch.

Hainstöckl.

Das ist ja eine höchst merkwürdige Geschichte.

Frau Döpstlin.

Und ich sag' Ihnen: Die Rosl ist ein wahrer Segen für mein Haus. Seit sie da ist, wird die Herrenstube von Früh bis Nacht nimmer leer — denn Alles will die schöne Miesbacherin sehen.

Frau Meierlin.

Na, die Leut' werden schon wissen, warum.

Frau Döpflin.

Frau Baß, das muß ich mir verbitten! in meinem
Haus wird auf Sitte und Ordnung geschaut, wie anders
wo. Herr von Kappler war gestern eigens bei mir und
bat mich, ich möchte doch erlauben, daß die Rosl in
der Herrenstube die Cither schlägt und einen Oberländler
singt, und die Herren haben sich köstlich dabei unterhalten,
und der Proviantmeister sagt mir, daß sogar bei Hof, an
der Tafel, von der Rosl die Red' war. Und Sie möchten
eine Her b'raus machen? Gehen Sie, aus Ihnen spricht
der Neid!

Frau Meierlin.

Ich bitt Sie, Neid auch noch —!

Hainstöckl (scheidet beide mit den Armen).

Ruhig, meine ehr- und tugendsamen Freundinnen!
Die Sache ist jedenfalls werth, daß man sie genau unter-
sucht. So viel steht fest, daß die Rosl im Stande ist,
eine ungewohnte Zahl von Christenmenschen an sich zu
locken, und unter diesen Angelockten befindet sich auch unser lockiger Freund Hans. Es ist jetzt nur die Frage, ob
diese Lockerei auf rechtmäßige oder auf hochsträfliche Manier
hervorgebracht wird. Horch!

(Man hört einen Jodler.)

14

Frau Döpfilin.

Hören Sie? — jetzt muß sie schon wieder eins auf=
singen in der Herrenstube; ich wette darauf, der Herr von
Kappler ist wieder da.

Hainstöckl
(der die Ohren gespitzt und komisch gierig gelächelt hat).

Frau Döpflin, ich muß Ihr sagen: der Jodler geht
mir, wie spanischer Wein, durch alle Knochen.

Frau Meierlin.

Mein Gott, die wär im Stand, den Herrn Rath=
schreiber auch noch zu verheren.

Hainstöckl.

Nur ruhig, liebe Frauen! Um die Sache untersuchen
zu können, muß ich die Wirkungen dieser Zauberei auch
an mir selber verspürt haben.

Xaver.

Jetzt muß ich doch auch b'rein reden.

Frau Döpflin.

Still' — der Xaverl will reden.

Xaver.

Das muß ich sagen, recht richtig ist 's mit der Rosl
nicht!

Frau Döpflin und Frau Meierlin (zugleich).

Was?

Hainstöckl.

Nur ruhig. Xaverl, öffne Deinen geschwollenen Mund!

Xaver.

Weiß die Frau Mutter, woher ich meinen Backen hab'? Die Rosl hat ihn mir angewünscht. Gestern Abend sagte sie: „So hoch soll er werden, wie eine Pastete, das freut mich!"

Frau Döpstlin.

Ist das wahr?

Xaver.

Hab ich schon ein Mal gelogen?

Frau Döpstlin.

Nein, mein Herz, Du lügst nicht. Ja, wenn's der Xaverl sagt, nachher ist's was anders. D'rum, ich muß sagen, unheimlich war mir die Person von je. Ein Geschau hat sie, daß es einem durch und durch geht. Halt, und noch was fällt mir ein — ich hör' heut' auf einmal einen Schrei — ich schau heraus — hat die Nanni den Kaffe fallen lassen vor lauter Schrecken, weil auf einmal eine schwarze Katze durch's Zimmer fährt.

Hainstöckl.

Eine Katze? Und eine schwarze auch noch? Das ist sehr verdächtig! Frau Döpstlin, wenn sich diese Bestie bestätigt, dann ist sie nach dem großen Landverbot von 1611 schon so viel wie verurtheilt.

———

14 *

Scene 11.

Frau Meierlin.

Da ist die Nanni.

(Hainstöckl faßt sie beim Arm.)

Nanni.

Na, was gibt's denn?

Hainstöckl.

Warum hat Sie heut' den Kaffee fallen lassen? Was hat sie gesehen? Was ist Ihr über die Füß' gesprungen?

Nanni.

Eine Katz!

Hainstöckl.

Eine schwarze?

Nanni.

Ich glaub —

Hainstöckl.

Sie glaubt? — es ist richtig. Hat diese Katz vielleicht ausgeschaut, wie eine übernatürliche Katz?

Nanni.

Hab noch nie eine übernatürliche Katz gesehen —

Hainstöckl.

Schon gut! die Rosl soll herauf kommen!

(Nanni ab.)

Hainstöckl (tritt zwischen die beiden Frauen und faßt jede sehr wichtig bei der Hand).

Der decrepide Zustand unseres Freundes Hans, der geschwollene Backen unseres Freundes Xaverl, und die übernatürliche schwarze Katze, welche bei einer verschlossenen Thür hereingekommen und zu einem zugemachten Fenster hinausgesprungen ist — diese drei Indicien sprechen im höchsten Grade dafür, daß es mit der Rosl puncto sortilegii nicht ganz richtig ist. Wird sie schuldig befunden, so könnte ihr passiren, was ich ihr nicht wünsch', daß an ihr das große Landverbot von 1611 angewendet wird, denn: wie ich schon vorhin bemerkt hab', wir brauchen ein Exempel!

———

Scene 12.

Vorige. Rosl.

Frau Döpflin.

Da ist sie! Wahrhaftig, wenn's der Xaverl nicht gesagt hätt', ich legte meine Hand für sie ins Feuer.

Hainstöckl.

Rosl, da geh her zu mir. (Rosl stellt sich vor ihn hin. Bei Seite.) Die hat ein Paar Backen! Da muß ich gleich untersuchen, ob es Wirklichkeit ist oder ein verführerisches Blendwerk der Hölle. (Er kneipt sie in die Backen.) Noch ein Mal (kneipt sie zum zweiten Male). Es ist verführerische Wirklichkeit! Was hast Du auf diesem Backen für ein braunes Fleckl?

Rosl.

Ein Muttermal.

Hainstöckl.

Das ist Dein Glück; ich hab' schon geglaubt, es wär ein Stigma diaboli.

Rosl.

Was will denn eigentlich der Herr Rathschreiber?

Hainstöckl.

Frau Döpstlin, — Frau Meierlin — gehen Sie hinaus! — Um mit ihr ein gründliches Examen vornehmen zu können, müssen wir allein sein.

Frau Meierlin.

Aber wenn Ihnen was geschieht —?

Hainstöckl.

O, ich fürcht' mich gar nicht.

Rosl.

Was will denn der Herr eigentlich von mir?

Hainstöckl.

Wenn Du unschulbig bist, wirst Du im Glanze dastehen.

Rosl.

Da bin ich jetzt doch neugierig, was den Herrn Rathschreiber meine Unschuld angeht.

Frau Döpstlin.

Komm Xaverl!

(Alle ab, bis auf)

Scene 13.

Hainstöckl. Rosl.

Hainstöckl (sie komisch betrachtend).

Rosl vertrau Dich mir an — sei aufrichtig, schütte Dein Herz aus, meinetwegen an meinem Busen. Es kommt mir auch nicht b'rauf an.

Rosl.

Was thät ich denn an Herrn Rathschreiber seinem Busen?

Hainstöckl.

Rosl, merkst Du nicht, worauf ich anspiele? Sage mir, hast Du ein reines Gewissen?

Rosl (an der Schürze zupfend).

Hm! Spaßige Frag'.

Hainstöckl.

Denk zurück an die Tage Deiner Kindheit, wie hast Du damals geschlafen und wie jetzt? Hast Du nichts auf Deinem Herzen?

Rosl.

Da sag ich nit Nein.

Hainstöckl.

Man hat Dich im Verdacht, daß Du in einem ge= heimen Bunde stehst —

Rosl.

Au weh, der weiß Alles!

Hainstöckl.

Daß Du ihm Deine Seele verschrieben hast —

Rosl

Meine Seel', die wär' freilich gut aufgehoben bei ihm.

Hainstöckl.

Rosl, ist es so? Gestehe Dein schwarzkünstlerisches Verhältniß!

Rosl.

Das Verhältniß will ich nit läugnen — aber schwarz
ist er nit.

Hainstöckl.

Also Du kennst ihn, den Schrecklichen?

Rosl.

Wen meint denn der Herr Rathschreiber?

Hainstöckl.

Den bösen Feind!

Rosl.

Und ich mein' meinen guten Freund — mir war's,
als redet' der Herr vom Hans?

Hainstöckl (betrachtet sie, dann bei Seite).

Nein, diese verdient nicht auf dem Scheiterhaufen
gebraten zu werden. Um ihre Seelenzustände ganz genau
kennen zu lernen, muß ich ihr Vertrauen gewinnen. —
Rosl, was gibst Du mir, wenn ich Dir einen schönen
Gruß vom Hans ausrichte?

Rosl.

Hast ihn etwa g'seh'n?

Hainstöckl.

Das nicht; ich richte Dir nur den Gruß aus, den er
mir aufgegeben hätt', wenn ich ihn gesehen hätt'. Aber

heut komm ich noch mit ihm zusamm'. Du könntest mir wohl ein Bußl für ihn mitgeben.

Rosl.

Du hast den Gruß von Dir selber ausgericht't, jetzt kannst D' das Bußl auch aus Dein' eigenen Sack zahlen.

Hainstöckl.

Rosl, sag' mir, liebst Du den Hans so recht?

Rosl.

Nun, schlecht gewiß nit!

Hainstöckl.

Weißt Du auch, wo die Liebe sitzt?

Rosl.

Wenn ich ihn lang nicht gesehen hab', nachher sitzt sie da und eine wahre Last liegt mir auf'm Herzen, und ich muß aufschnaufen, weil ich's gern lupfen möcht'. Seh' ich ihn aber und wär's nur auf ein Paar Minuten, da wird's mir leicht, und da mein ich, sitzt die Lieb auf den Lippen.

Hainstöckl.

Das Tausendmadel macht mir die Zähn' ganz lang. Aber ich sag' Dir, es wär' besser, wenn Du Dir den Hans aus dem Kopf schlagen möchtest.

Rosl.

Auf der Welt laß ich nimmer von ihm und in der andern noch weniger.

Hainstöckl.

Die Frau Meierlein leidet's nicht. Sei vernünftig; in ein paar Wochen ist alles vergessen. Es wär' Schade um Deine Backen, und die verlierst Du noch bei dem Kummer.

Rosl.

Schau, mit der unglücklichen Lieb ist's wie mit'n Zahnweh. Man weiß, es wird ärger, und doch nergelt man b'ran.

Hainstöckl.

Drum gibt es gegen den bösen Zahn und gegen die unglückliche Lieb' kein besseres Mittel als — herausreißen!

Rosl.

Den Schmerz halt ich nit aus.

Hainstöckl.

Und darf man fragen, wie diese Seelenkrankheit entstanden ist! Hast Du ihn angelockt, oder er Dich?

Rosl.

Von Anlocken war keine Red', wir haben uns so zu sagen — gefunden.

Hainstöckl.

Auf der Gassen?

Rosl.

Ja!

Hainstöckl.

Wenn Du ein redlicher Finder bist, dann mußt Du den Hans seiner Mutter wieder zurückgeben.

Rosl.

Schau, es war am Allerseelentag. Da geht der Hans auf'n Petersfreithof und setzt einen Nelkenstock ein; ich bin auch dort gewesen, weil mich die Frau Bas hinge= schickt hat, ich soll dem Herrn Vetter sein Grab gießen. Auf einmal kommt der Hans her und sagt: „Schöns Diendl, leih' mir Dein' Krug, meine Blümeln brauchen auch eine Auffrischung." Ich trag ihm den Krug hin; „da liegt mein Vater," sagt er — und ich gieß die Blümeln. Da pflückt er eins ab und steckt mir's da 'rein und sagt: „Ich dank Dir schön!" „Geh'," sag' ich, „nimmst Dein' Vater grad das schönste Nagerl". — „Ah mein, sagt er, es ist ja gut aufgehoben." — Wir gehen noch ein paar Schritt, bis zum Schrannenplatz, wo er mir die Hand gibt. Am andern Tag — das hat er mir später erzählt — sagt seine Mutter: „Hans, schau fein nach die Nelken." „So?" sagt er, soll ich nach alle schau'n?" „Freilich," sagt die Mutter. Und da hat er mir aufgepaßt, wie ich Abends das Wasser hol. Ich wollt' ihn weiter schicken, er aber sagt: seine Mutter hätt' ihm's ang'schafft, daß er nach die Blümeln schaut und richtig — das Nagerl war noch am alten Fleck!

Hainstöckl.

Rosl, Du bist wirklich eine Her, aber eine gute! Du hast den wahren Stein der Weisen, Du kannst die alten

Leut' wieder jung machen. Wenn ich Dich anschau, mein'
ich, ich seh' ein Heiligenbildl und das stimmt mich so an=
dächtig, daß ich ein Bußl d'rauf drucken möcht'.

Rosl.

Daß der Herr Rathschreiber heut gar so bußlhaft auf=
gelegt is?

Hainstöckl.

Das ist das Vorrecht des alten Mannes. Der Kopf
ist das Dienstbüchl, das ihm die Natur ausgestellt hat,
und graue Haare und eine Glatze heißt so viel als:
N. N. war treu und fleißig.

Rosl.

Die Frau Bas sagt: auf das, was im Dienstbüchl
steht, darf man nit allemal gehen.

Hainstöckl.

Bei mir schon. Wähle mich zu Deinem Vertrauten.
Soll ich dem Hans was ausrichten? Du willst was sagen
— Courage! Das Wort schwebt Dir auf den Lippen, ich
muß es selber 'runter holen — (will ihr einen Kuß geben.)

Rosl (entwindet sich).

Hör' auf oder ich schrei! (Springt hinaus. Während dessen
sind Frau Töpstlin und Frau Meierlin eingetreten.)

Scene 12.

Hainstöckl. Döpflin. Meierlin.

Frau Döpflin.

Na was ist 's?

Frau Meierlin.

Haben Sie geschrieen, Herr Rathschreiber?

Hainstöckl (sich abwischend).

Ich bin mit dem ersten mündlichen Verhör' noch nicht ganz zu End' gekommen. Ich gedenke ihr aber noch den Mund zu entsiegeln.

Frau Döpflin.

Was meinen Sie — ist was b'ran?

Hainstöckl.

An der Roßl? Ob da was b'ran ist!

Frau Döpflin.

Ich mein', ob sie wirklich mit bösen Geistern —

Hainstöckl.

Ich kann nichts sagen, als: haben Sie Vertrauen auf mich! Man kann da nicht mit der Thür in's Haus fallen: ich hab zuerst nur so herum geredet, und wie ich auf das rechte Thema kam, ist sie ausgerissen.

Frau Meierlin.

Daß ist Schab'!

Hainstöckl.

O, ich komm schon wieder! Ja wohl! (nimmt seinen Hut.) Wo es eine Seele zu retten gibt, da verdrießt unser Einen kein Gang.

Frau Döpftlin.

Bleiben Sie gleich da, wir haben einen Hasen in der Weinsauce.

Hainstöckl.

So? — (nimmt Frau Döpftlin unter dem Arm.) Hören Sie, wenn einem ein Haas in den Weg kommt, ist es ein Un= glück, aber in der Weinsauce kann man sich ihn gefallen lassen.

(Der Vorhang fällt.)

Zweiter Aufzug.

Dachstübchen der Rosl mit einem Fenster, von welchem aus der Zuschauer
ein Dach bemerkt. Bett, Spinnrad, Tisch mit Körbchen u. s. w.

Scene 1.

Rosl (tritt auf, beschäftigt).

Jetzt möcht' ich nur wissen, was die Leut' auf einmal
mit mir haben? Im ganzen Haus schau'n sie mich nach
der Seiten an. Eines Theils bin ich wieder froh, denn
der Küfer, der mir sonst auf Schritt und Tritt keine Ruh'
läßt, weicht mir jetzt auch aus. Gewiß hat mir einer was
aufgebracht; es liegt mir sonst wenig b'ran, ob ich Ansprach
hab', oder nit, aber aus Verachtung darf's nit g'schehen.
Wenn das bis morgen fortdauert, geh' ich auf und davon!
Aber den Hans kann ich ja nit mitnehmen, und fortgeh'n,
ohne zu wissen ob wir uns wieder sehen, das brächt' ich
nit übers Herz. Ich muß doch da bleiben und mich ihm

z'Lieb über b'Achsel anschau'n lassen. (Seufzt.) O, mein Gott! (Singt eine Strophe und will hierauf jodeln.) Na, es geht mir nir zusamm'. Mir kommt die Welt heut' so finster vor; muß mir doch Licht holen. (Ab.)

———

Scene 2.

Konrad (zum Fenster hereinschauend).

Ah — aus dieser Grotte kommen jene bezaubernden Töne, die mich in permanenter Aufregung erhalten? hier wohnt jene berühmte Rosl? Die Fahrt aus meinem Speicher heraus, die Dachrinnen entlang und zu diesem Kastenfenster herauf war nicht vergebens. Es ist Niemand hier und ich bin so frei, einzutreten. (Steigt herein.) Sehr einfach eingerichtet. Warte Rosl, ich will Dir ein Monument meines Aufenthaltes zurücklassen: mein Conterfey nach der neuesten Pariser Mode. — (Zieht eine Silhouette heraus und schreibt) „Konrad seiner Rosl." Nur Silhouetten, unsere Schattenseiten kennen die Menschen immer am besten! (Befestigt die Silhouette an der Wand über dem Bette.) So! nimmt sich famos aus! Die wird schauen und nicht wissen, wer ihr diese anonyme Freude bereitet hat. Was hat sie denn da? „Die vier Haimonskinder." — Sie kann also auch lesen — um so mehr fühle ich mich als Gelehrter zu ihr hingezogen. Und zwischen der ersten und zweiten Seite eine gepreßte Buschnelke. (Visitirt ein Körbchen.) Alpenrosen, eine Erinnerung an ihre Heimath!

———

15

Scene 3.

Konrad. Rosl.

Rosl (ganz unbefangen, ohne zu erschrecken).

Was ist denn das für Einer? Du, laß' mir mein Körbel gehen, wenn ich was brauch', find' ich's sonst nit.

Konrad (Rosl erstaunt anblickend).

Ah! — Rosl — ich bin Dein Anverwandter — bin Konrad, ein berühmter Rechtsgelehrter.

Rosl.

So? bist Du der durchgefallene Student, von dem mir die Nanni erzählt hat, der sich der Frau nit unters G'sicht traut?

Konrad.

So? Ist mein Ruhm schon zu Dir gedrungen?

Rosl.

Du mußt ja gar zum Fenster 'rein g'stiegen sein?

Konrad.

Allerdings! Und Du bist bei meinem Anblick gar nicht erschrocken?

Rosl.

's Erschrecken kennt man bei uns zu Haus gar nit.

Konrad.

Aber ich könnte ja auch ein Dieb sein?

Rosl.

Der müßt' in der Dieberei grad so baket sein, wie Du in der Stubirerei. Wer wird denn so hoch 'naufsteigen, wo nichts zu finden ist?

Konrad.

Bei Dir wäre nichts zu finden? Du bist der größte Schatz, den die Mauern dieser Stadt einschließen.

Rosl.

Jetzt mach', daß D' hin kommst, wo D' herkommen bist. So ein Geschwätz ging' mir noch ab, daß ich mein Humor ganz verlieret. Da herinn' ist kein Platz für Dich.

Konrad.

Wenn Du mich hinauswerfen willst, nur bei der Thüre, nicht beim Fenster.

Rosl (ans Fenster weisend).

Da steigst wieder 'naus — ein anderes Mal nimmst D' einen ehrlicheren Weg!

Konrad.

Aber ich wollte mich Dir nur vorstellen. —

Rosl.

Das kannst Du von draußen auch.

15*

Konrad.

Da' können Katzen einander aufwarten, aber nicht junge Leute.

Rosl.

Geh! (Sie drängt ihn fort. Er steigt wieder zum Fenster hinaus.)

Konrad.

So erlaube mir doch wenigstens, daß ich herein=
schauen darf.

Rosl.

Meinetwegen! In meiner Stuben geschieht nichts
Unrechtes. Was hilfts, wenn man alle Vorhäng' zumacht,
unser Herrgott sieht ja doch hinein.

Konrad.

Du bist ein recht liebes Mädel, und hast Dir meine
Zuneigung in kurzer Zeit erworben.

Rosl.

Man darf einem Menschen nur freundlich begegnen,
so gewinnt er einen lieb.

Konrad.

Rosl, ich hab Dich bitten wollen, ob Du mir nicht
Deine vier Haimonskinder leihen möchtest: ich möchte auf
meinem Speicher eine Unterhaltung haben.

Rosl.

Da! (Gibt ihm das Buch und setzt sich zum Spinnen.)

Konrad.

Rosl!

Rosl.

Was gibt's denn schon wieder?

Konrad.

Es scheint heute Nacht ein kühler Maiabend zu werden. Kannst Du mir nicht was geben, das ich um den Hals binden könnte?

Rosl.

Du hast aber allerhand Schmerzen. In Gott's Namen, nimm das Kopftüchl (gibt ihm ein rothes Tuch). Es ist wahr, es wird kalt, b'rum will ich das Fenster zumachen.

Konrad.

Nicht doch, Rosl, ich sehe sonst nicht mehr so gut hinein — sei nicht grausam —

Rosl.

Schau, geh' heim, da hast Du's viel kommoder.
(Will das Fenster schließen, Konrad steckt die Hand dazwischen.)

Konrad.

Noch ein wenig! Hast Du nichts zu essen? — Von der Küche steigt der herrliche Geruch einer Wildpretsauce herauf, aber die Nanni scheint mich vergessen zu haben.

Rosl.

Da hast eine Fastenbretzen.

Konrad.

Du übst alle Werke der Barmherzigkeit; Du kleidest die Frierenden und speisest die Hungrigen, nur die Fremden willst Du nicht beherbergen.

Rosl.

So, jetzt behüt Dich Gott, komm' gut nach Haus und fall' nit (schließt das Fenster). Jetzt, hoff' ich, hab ich Ruh, sonst bring' ich den Rocken heut nimmer 'runter. Wär' doch eine Schand! (Singt.)

Konrad (klopft ans Fenster).

Rosl.

Jetzt gibt er noch kein' Frieden! Jetzt muß ich ihm scharf kommen! (Reißt das Fenster auf.) Wenn Du jetzt nit gleich gehst, so ruf' ich die Frau Bas' 'rauf und zeig ihr den Platz, wo ihr sauberer Herr Bub studirt. Das Fensterln müßt ich mir ausbitten, das leid' ich von mein Liebhaber nit, viel weniger von einem Andern.

Konrad.

Rosl, stürze mich in kein Unglück. Ich wollte Dich nur bitten, ob Du mir zu dem Halstuch nicht auch eine Zudecke geben möchtest.

Rosl.

Soll ich Dir vielleicht noch mei' Bettstatt 'nausgeben? (Gibt ihm ein Stück Teppich.)

Konrad.

Nein, laß mich lieber wieder hineinsteigen.

(Es klopft an der Thüre.)

Rosl.

Wer kommt denn noch? Es ist mir heut nit be=
schaffen, bei der Arbeit zu bleiben.

Konrad.

Sei ruhig, ich wache als Dein Beschützer!

Rosl.

Herein!

————

Scene 4.

Rosl. Hainstöckl. Konrad (außen am Fenster von Zeit zu Zeit
sichtbar).

Hainstöckl.

Guten Morgen, Rosl!

Rosl.

Was thu' ich denn jetzt mit einem guten Morgen?

Hainstöckl.

Heb' Dir 'n auf bis morgen früh zum Kaffe. Mach'
fein Deinen Rocken noch fertig; vom Samstag auf den
Sonntag soll man keinen Flachs b'ran lassen, sonst ver=
spinnen ihn die Heren.

Rosl.

Wenn ich fertig werden soll, muß ich Ruh' haben.

Hainstöckl.

Wunderst Du Dich vielleicht, daß ich schon wieder da bin?

Rosl.

Ja, es kommt mir schier kurios vor.

Hainstöckl.

Ich komme als Doktor.

Rosl.

Bin nit krank.

Hainstöckl.

Körperlich nicht — aber an der Seele möchtest Du leiden.

Rosl.

Aber da kann mich kein Rathschreiber, nicht einmal der Bürgermeister kuriren.

Hainstöckl.

Bei unserer heutigen Morgenunterhaltung erschienst Du mir ganz unbefangen. Ich habe aber indeß über Deinen Zustand ernstlich nachgedacht.

Rosl.

Laß Dir meinetwegen nicht noch mehr graue Haare wachsen.

Hainstöckl.

Bitte! — Nachdem mir Frau Döpflin einen Hasen als Gabelfrühstück vorgesetzt hatte, wurde ich Mittags zur Frau Meierlin eingeladen, wo man einen gebratenen Indianer verzehrte. Vom Dessert hab' ich Dir etwas mitgebracht, ein Stückchen Kletzenbrod; siehst Du, hier ist ein Herz von süßen Mandeln d'rauf.

Rosl.

Dank schön, hab' keinen Appetit.

Hainstöckl.

Keinen Appetit? Ich begreife nicht, wie der Mensch in einen solchen Seelenzustand gerathen kann, daß ihm sogar der Appetit vergeht. Rosl, nimm diesen Wecken als Symbol meiner süßesten Verehrung.

Rosl.

Ich mag nit! Es drückt mich ohnehin schon auf der Brust.

Hainstöckl.

So zupf' wenigstens das Herz herunter.

Rosl.

Wenn Dir Deine Köchin wieder einen Guglhopf macht, kannst D' Dein Herz d'rauf streuen lassen.

Hainstöckl.

In der Voraussetzung, daß Du mir nicht aus Geringschätzung einen Korb gibst, sondern nur aus Mangel an Appetit, ziehe ich meinen Kletzenbrodantrag zurück und esse ihn selber. Nun einen andern Discours.

Rosl.

Aber einen gescheibten.

Hainköckl.

Wer Jahre lang beim innern Rath war, kann nur einen gescheibten Discours führen. Nachdem die Gebeine und Ueberreste jenes Indianers in der Küche wieder beigesetzt waren, rückte ich etwas näher zur Frau Meierlin und brachte Dein Verhältniß zu Hans auf's Tapet.

Rosl.

Und was sagt sie?

Hainköckl.

So lange sie lebt, wird nichts d'raus. Die Frau Meierlin aber ist eine unserer gesündesten Bürgersfrauen, und es steht auch nicht zu vermuthen, daß sie Hand an sich selbst legt.

Rosl.

Gott erhalt sie recht lang! Wenn sie nur nicht so hartherzig wär'!

Hainköckl.

Ja, sie gleicht einem Pfirsich; außen rund und saftig, im Innern ein Herz von Stein.

Rosl.

Hält sie mich für schlecht, oder bin ich ihr nur zu arm?

Hainstöckl.

Sie hat von Dir eine schreckliche Ansicht. Sie glaubt, daß Du den Hans durch unrechte, übernatürliche Mittel an Dich gelockt, daß Du mit dem bösen Feind im Bund stehst, daß Du ihren Sohn verhert hast.

Rosl.

Sonst nichts?

Hainstöckl.

Und ich muß Dir aufrichtig sagen, daß einige Indicien vorhanden sind, welche diesen Verdacht bestätigen.

Rosl.

Jetzt weiß ich nimmer, was ich sagen soll.

Hainstöckl.

Gesteh' mir's offen, hast Du jemals unerlaubte und superstitiose Mittel angewendet, um das männliche Geschlecht vor Dir zu bemüthigen? Ich fühle mich selbst mit unbegreiflicher Sehnsucht zu Dir hingezogen; geschieht dieses durch Dein weißes Gesicht, Deinen rosigen Mund, oder in Folge schwarzer Zauberei? Sprich!

Rosl.

Laß mich in Ruh'!

Hainstödl.

Wenn Du nicht sprichst, so ist das des Teufels Mund=
sperre und ein weiterer Verdachtsgrund.

Rosl.

Das will ich Dir zeigen, daß meinem Mundstück
nichts fehlt. Wenn das der Frau Meierlin wirklich Ernst
ist, so hat sie unser Herrgott g'straft und hat ihr an dem
Fenster, das der Mensch (an die Stirn deutend) da haben soll,
ein' Vorhang 'runter lassen, so dick wie ein Brett! Und
wenn Du so was sagst, so hat Dich der Schlag troffen
am Verstand, und wenn solche Leut geheime Rathschreiber
werden, so bedauere ich die ganze Stadt und mich selber,
daß ich d'rin sein muß.

Hainstödl.

Liebe Rosl, ich glaub's ja nicht. Wie kannst Du
denn meinen, daß ich so dumm bin?

Rosl.

Warum willst Du nachher die Andern nicht aufklären?
Wenn Du ihnen beistimmst, bist Du ein Heuchler.

Hainstödl.

Du betrachtest das Alles vom beschränkten Standpunkt
der Vernunft. Mit der Freigeisterei kann ich mir keine
Wassersuppe aufschmalzen. Aber ich will Dir doch zeigen,
daß ich dem blinden Vorurtheil entgegen treten kann, daß
ich Courage hab. Ich will Dich selbst heirathen!

Rosl.

Dazu gehört wirklich eine starke Courage!

Hainftödl.

Schau, ich heiße auch Hans, also ist der Unterschied nicht so groß. Ich hab' mein gutes Auskommen, schöne Einrichtung, Wäsch, Zinn, Silber, allerhand Geschirr — Du darfst Dich nur hineinsetzen! Man heißt Dich öffentlich geheime Rathschreiberin und Dein Renommé ist gerettet; denn wenn man auch gemunkelt hat, Du wärst eine Here, so hat doch wenigstens mich noch kein Mensch für einen Herenmeister gehalten.

Rosl.

Rathschreiber, geh' heim für heut'!

Hainftödl.

Wenn Du mir Hoffnung gibst, daß ich morgen oder übermorgen Dich heimführe. Rosl, schau dieses Knie an, es hat sich noch nie vor einem Weibe gebogen, aber —

Rosl.

Halt, der Boden ist heut noch nit g'wischt!

Hainftödl.

Der Boden, auf dem Du wandelst, ist würdig, von meiner Person gewischt zu werden. Holde Blume Miesbach's, Du hast ein mit Streusand gefülltes Schreiberherz in einen Blumentopf verwandelt, aus welchem die üppigsten Gefühle hervorsprießen. Bornirte Köpfe halten Dich für eine Here, ich aber sehe in Dir einen Engel. Erkenne und behandle mich als Deinen glücklichen Freund, als Hans den zweiten!

Rosl.

Als Hans Dampf!

Hainstöckl (aufstehend).

Habe ich vielleicht was Dummes gesagt? Möglich. Bei einer solchen Wärme der Empfindung kann der Dampf nicht ausbleiben. Laß uns kalt und ruhig sprechen, wie man im inneren Rath beliberirt. Es ist mein Ernst —

Rosl.

Jetzt wird's ihm Ernst — jetzt fürcht' ich ihn!

Hainstöckl.

Wohin? Willst Du ausreissen? Steckt vielleicht doch ein Geist in Dir, der die Nähe eines kanonisch gebildeten Mannes nicht ertragen kann? Geh' her, gewähre mir das Busserl, um das ich schon zum dritten Mal supplizire.

Rosl.

Bleib' mir weg!

Hainstöckl.

Die Auflegung meiner Hände thut Dir weh?

Rosl.

Rathschreiber, laß mich geh'n, sonst mußt Du's büßen. Ich hab' einen Beschützer um mich; wenn Dich der beim Genick erwischt, stellt er Dich auf'n Kopf und beutelt Dich so lang, bis Dir alle bösen Gedanken 'rausfallen! (Entwischt ihm.)

Konrad (der sich während der vorigen Scene mit den von Rosl hinausgereichten Gegenständen, den Zuschauern sichtbar, c o s t ü m i r t hat, ist hereingestiegen und faßt Hainstöckl beim Kragen).

———

Scene 5.

Hainstöckl. Konrad.

Hainstöckl (schreit).

Ah!! — Hat mich schon!

Konrad (mit Geisterstimme).

Hainstöckl!

Hainstöckl.

Er kennt mich beim Namen.

Konrad (stärker).

Hainstöckl!

Hainstöckl.

Hier! Habe ich vielleicht das Vergnügen, mit dem Herrn von Teufel selbst zu sprechen?

Konrad.

Das Vergnügen ist ganz meinerseits!

Hainstöckl.

Das glaube ich. So eine fette Seele kriegt er nicht alle Tag.

Konrad.

Armer Sünder, was soll ich mit Dir anfangen?

Hainstöckl (schaudert).

O! — ich habe fürchterlich gefrevelt! Ich nährte Zweifel über den Teufel und hielt Alles für Dummheit. Ich revocire feierlich und versichere Ew. Excellenz meiner ausgezeichneten Hochachtung.

Konrad.

Ich habe etwas gehört von einem Bußl? Gib Antwort.

Hainstöckl.

Es war nur die Rede davon — in Wirklichkeit hat sich nichts ereignet. Der Teufel hat mich — ja so, entschuldigen Sie — die böse Stunde wollte ich sagen, hat mich verlockt.

Konrad.

Hainstöckl — glaubst Du denn, daß Du in den Himmel kommst?

Hainstöckl.

O ich bitte, das wäre höchst unbescheiden; — ich weiß ja nicht einmal, wo der Herr Bürgermeister Platz nimmt.

Konrad.

Wenn nicht in den Himmel, wo willst Du dann hin?

Hainstöckl.

Dann möchte ich um etwas Fegfeuer gebeten haben.

Konrad.

Du bist noch immer unbescheiden.

Hainstöckl.

Nun, so zehntausend Jahre Fegfeuer bei Wasser und Brod wären mir ja doch nicht zu gut.

Konrad.

Setz' Dich! (läßt ihn aus.)

Hainstöckl.

Ich bin gar nicht müde.

Konrad.

Setz' Dich und unterhalte mich!

(Konrad setzt zwei Stühle hin und läßt sich nieder).

Hainstöckl (sich ebenfalls niederlassend).

So ist's recht; jetzt muß ich dem Teufel auch noch die Zeit vertreiben. — Wenn mir nur was Gescheidtes einfiele.

Konrad.

Sprich, diskurire!

Hainstöckl.

Bin so frei. Entschuldigen Sie, wie viel Klafter Holz verbrennen Sie jetzt alle Jahre in der Hölle?

Konrad.

Sehr wenig.

Hainstöckl

So? Ist die Höll' so gut zu heizen? Wahrscheinlich etwas niedere Zimmer?

16

Konrad.

Hainstöckl!

Hainstöckl.

Befehlen?

Konrad.

Was hast Du in der Rocktasche?

Hainstöckl.

Gar nichts — nur ein wenig Kletzenbrod.

Konrad.

Laß mich ein Stück herunterschneiden.

Hainstöckl.

Bitte! (Gibt ihm den Wecken.) Das hab' ich gar nicht gewußt, daß der Teufel auch nascht.
    (Konrad gibt ihm einen ganz kleinen Rest zurück.)
Schau, 's Scherzl mag er nicht.

Konrad.

Kannst Du mir eine Prise geben?

Hainstöckl.

Schnupfen thut er auch noch. (Reicht ihm die Dose hin.) Glaub's gern, bei dem Pechgestank kann man's lernen. Von dem Tabak, wo der seine Bratzen b'rin gehabt hat, schaff' ich nichts mehr. (Konrad nießt.) Helf Gott! (Konrad greift zornig nach ihm.) Ja so, ich bitt' um Verzeihung — Zur Gesundheit hab' ich sagen wollen!

Konrad.

Hainstöckl, hast Du auch Geld bei Dir?

Hainstöckl.

O ja! — Sollte das ein armer Teufel sein und mich anpumpen?

Konrad.

Zeig mir Deine Börse!

Hainstöckl (gibt ihm selbe hin).

Hier! — Wollen Sie vielleicht da auch schnupfen?

Konrad (nimmt ein Stück).

Was ist das?

Hainstöckl.

Das ist ein Reichsthaler! (Für sich:) Der gefällt ihm, scheint's.

Konrad.

Woher hast Du ihn?

Hainstöckl.

Woher? Sonderbare Frage, das.

Konrad.

Sei aufrichtig, sonst fahr' ich mit Dir spazieren!

Hainstöckl.

Ich danke, den Wagen kenn' ich schon. — Ich hab'

16*

ihn von einem Kreißler bekommen, der sich erlaubt hat, auch
Fleckelschuhe zu verkaufen, was ihm nach der Zunftordnung
nicht zusteht. Er sollte um 6 Reichsthaler gestraft werden
und zog es deßhalb vor, mir einen zu geben, damit ich
meinen Papierkorb aufmache.

Konrad.

Das ist unrechtes Gut, und wird confiscirt! — Was
ist das?

Hainstöckl.

Das sind 3 Dukaten.

Konrad.

Woher?

Hainstöckl.

Aus — aus der Münze.

Konrad (heftig).

Woher Du sie hast? Willst Du spazieren fahren?

Hainstöckl.

O nein, es ist ja recht schön da! — (Bei Seite.) Was
der Teufel gleich so hitzig wird! — Ich kenne einen Bau-
meister, der hat voriges Jahr einen städtischen Kanal mit
500 Brettern ausgeschlagen, das heißt, 300 davon hat er
vergessen. Und damit ich auch darauf vergeß', machte er
mir diese drei goldenen Knöpfe in mein Schnupftuch.

Konrad.

Ebenfalls unrechtes Gut — ebenfalls confiscirt!

Hainstöckl.

Wenn ich den Teufel zum Controleur krieg', verzichte ich auf meinen Posten.

Konrad.

Was ist das?

Hainstöckl.

Das ist nur ein Zwanziger; von einem Schneidergesellen, der jetzt zum 33sten Mal um's Heirathen petitionirt.

Konrad.

Verfällt dem gleichen Schicksal. — Alter Esel!

Hainstöckl.

Meinen Excellenz mich?

Konrad.

Du mußt sterben.

Hainstöckl.

Was? Sterben? Das halt ich nicht aus. Nein, Excellenz, Sie haben nur Scherz gemacht, meine Stunde hat noch nicht geschlagen, bei mir ist's erst halbe vorbei, höchstens drei Viertel. Und wenn sie auch einmal schlägt — Sie holen mich doch nicht — o nein, das thun Sie mir nicht an. Recht guten Abend —!

Konrad.

Halt! — Ich will Dir für diesmal das Leben schenken.

Hainſtöckl.

O, Sie ſind ein edler, ein guter böſer Feind!

Konrad.

Du darfſt Niemanden ſagen, daß Du mich geſchaut und geſprochen.

Hainſtöckl.

Ich werde mich Ihrer Bekanntſchaft keineswegs rüh=
men, ſondern dieſes ſchmeichelhafte Bewußtſein für mich behalten.

(Indem er ſeinen auf das Bett gelegten Hut und Stock wegnimmt, ſieht er die Silhouette oder demſelben.)

Ha! ſie hat das Portrait des Schwarzen oder ihrer Bettſtelle — er iſt's wirklich! — Ich wünſch' Ihnen recht vergnügte Finſterniß! (Ab.)

Konrad.

Jetzt hat der Teufel Geld, jetzt geht er in's Wirthshaus.

(Steigt zum Fenſter hinaus).

Scene 6.

Hainſtöckl (eilt zurück).

Da kommt die Frau Töpſtlin über die Stiegen 'rauf. Wenn die mich hier trifft, ſo fragt ſie mich, was ich da

heroben gethan hab', und ich kann doch nicht sagen, daß
ich der Rosl einen seelenärztlichen Besuch abstattete? —
Halt! Da ist das Dach braußen, da kann ich mich einen
Augenblick zurückziehen und nachher unbemerkt 'nunter und
zum Haus 'naus, und nie mehr herein!

(Steigt hinaus).

Scene 7.

Frau Döpflin.

Wo bist Du denn, Rosl? Spinnst Du noch? Sie
ist gar nicht da, und ich hab' doch vorhin unten gemeint,
ich hätt' sie mit ihrem Gebirgsschritt hin- und hertraben
hören. So spät fort — das gefällt mir schon gar nicht.
Mit 'm Spinnen hat sie sich auch nicht angestrengt. Sei's
wie's will, sauber ist's nicht mit ihr.

Hainstöckl (schreit von außen).

Nein, ich will nicht spazieren fahren! Ich geh' schon!

Scene 8.

Frau Döpslin. Hainstöckl (plumpt vom Fenster herab).

Frau Döpslin.

Um Gotteswillen! Herr Rathschreiber —

Hainstöckl (bei Seite).

Ich hab' gemeint, der Teufel wär' schon nach Haus, derweil steigt er noch draußen auf dem Dach 'rum. — Ah — Frau Döpslin — wo kommen denn Sie auf einmal her?

Frau Döpslin.

Da hab' ich zu fragen!

Hainstöckl.

Ich bin vorbeigegangen —

Frau Döpslin.

Auf'm Dach?

Hainstöckl.

Ja das heißt — Frau Döpslin — fragen Sie mich nicht —

Frau Döpslin.

So kommen Sie runter zur Suppe —

Hainstöckl.

Mir sind Sachen passirt — davon hat noch gar kein

Mensch eine Idee gehabt — aber ich darf nichts sagen — ich hab' mit Leuten gesprochen, mit Leuten, die eigentlich gar keine Leut' sind — ich darf nichts sagen — haben Sie nicht vorhin was gesagt von einer Suppe? Aber eine Fleischsuppe muß 's sein.

Frau Döpstlin.

Und ein Harl drinn'.

Halnstöckl.

Das ist gescheidt. Dieses Harl muß mich wieder auf die Beine bringen. Es war so arg, daß sogar mir der Appetit vergangen ist. Mein Magen verlangt jetzt nichts, als ein paar Haren. (Erblickt die Silhouette und wendet der Frau Döpstlin den Kopf weg:) Ich bitte Sie, sehen Sie nicht hin!
(Beide ab.)

———

Verwandlung.

(Freier Platz in der Stadt. Rechts von der Scene ein Brunnen mit Bassin, welches von einer 3 Schuh hohen Brüstung eingefaßt ist. — Mondschein.)

Scene 9.

Jörg von Stapfen. Spaten.

Jörg.

Herr Collega, dieser Wein von anno 1696, das ist ein edles Getränk — ein rechtschaffenes Getränk!

Spaten.

Ja ja, und ein fleißiges Getränk!

Jörg.

Ich fürchte nur, wir finden etwa nicht nach Haus.

Spaten.

Ich hab' elf Häuser; ein's davon werden wir doch finden.

Jörg.

Wir waren heut' so lustig, wie in gewissen jungen Tagen.

Spaten.

Ich war früher ein sehr ausgelassener Kamerad, so eine Art Wildfang. Da kaufte mir mein Vater ein Haus, damit ich gesetzter werden soll. Wer aber nicht gesetzter wurde, das war ich. Im Gegentheil, in meinem eigenen Haus war ich noch ungenirter. Jetzt kaufte er mir noch ein's, ich hab mir's aber noch nicht zu Herzen genommen. Nachher mußte ich heirathen, und durch die Heirath sind mir wieder zwei Häuser zugefallen, so daß ich mit Einrechnung meiner Frau fünf alte Häuser hatte. Die fortwährenden Reparaturen stimmten mich endlich ernsthafter. Jetzt erwacht in mir nur hie und da noch der einstige muthwillige Bürgerssohn. Sonst besteht mein Leben nur aus Geld und Verdruß, und wenn ich in den Zorn hineintrinke, das ist mir am gesündesten.

Jörg.

Möcht' ich nur wissen, was dieser Hainstöckl von mir

wollte? Will mich der Kerl vom 1696ger weg auf's Rath=
haus holen lassen. Das bin ich aber so spät Abends nicht
schuldig. Für was wären denn die Beisitzer? Der Heiß
wird's schon recht machen!

Spaten.

Ja wohl. Was der Herr Stadtrichter kann, das kann
ein Anderer auch.

Jörg.

So? Ich mein' immer, der Herr Collega wird grob.

Spaten.

Wenn man elf Häuser hat, muß man hie und da
grob werden.

Jörg.

Na, wir sind ja alte Freunde, wir wissen uns zu
schätzen — einer den andern — jeder hat seine gewissen
Seiten — und was das Collegium betrifft — so hat sich's
noch alle Mal gemacht — und wird sich auch ferner
machen.

Spaten.

Herr Stadtrichter, ich muß Ihnen sagen, ich bin, so
was man sagt: „freisinnig" — Sie auch? Wenn Sie
nicht freisinnig sind — können Sie allein nach Haus geh'n.
(Läßt Jörg stehen.)

Jörg (wankend).

Lieber Collega —

Spaten.

Eine Antwort muß ich haben! Wenn Sie nicht frei=
sinnig sind, laß ich Sie mitt'n auf'm Platz da stehen.

Jörg.

Na ja! Fortschritt muß sein, — aber — langsam!
(Greift nach Spatens Arm. Beide ab.)

———

Scene 10.

Rosl, dann Hans.

Rosl (kommt an den Brunnen).

Wo er denn gar so lang bleibt! Jetzt habe ich mei=
nen Krug schon dreimal eingefüllt, und allemal wieder
ausgeschüttet. — Unser Herrgott ist doch recht brav, weil
er's so einrichtet, daß die Leute des Abends noch frisches
Wasser mögen; wenn 's Wasserholen nicht wär, es gebet'
nit halb so viel Lieb in der Stadt.

Hans.

Rosl!

Rosl.

Grüß Dich Gott tausendmal! Warum hast mich
denn gar so lang warten lassen?

Hans.

Damit Dich besser hungert.

Rosl.

Just hab ich mir denkt: Wie oft werd' ich den Krug. noch ausschütten? denn etwas zu thun muß ich mir doch machen.

Hans.

Wenn man sich liebt, ist's mit dem Herzen grad wie mit dem Krügel; man schüttet 's alleweil aus, und alleweil wird 's wieder voll. — Sag mir nur, wo hast denn Du Deine Augen her? Es scheint zwar nur der Mond, aber man sieht doch, wie schön blau sie sind.

Rosl.

Meine Augen sind nichts Rar's, — bei uns droben hat jedes Diendl zwei solche.

Hans.

Wär's möglich?

Rosl.

Das macht, weil man auf den Bergen näher beim Himmel ist. Da schaut man fleißig 'nauf, und da nimmt man was an von der Farb.

Hans.

Du bist halt lieb! Woher Du aber Deine rothe Backen hast, gelt, das weißt D' nicht? Die sind selber so roth 'worden.

Rosl.

Da sollst D' ein Mal um die Zeit bei uns d'rin sein. Da sind die Berggipfel so hell und herrlich, als

wären sie unter Tags in'n Himmel eintaucht worden.
Die Farb is so schön rosenroth, und mein Vater sagt:
Wenn unsern Herrgott was überbleibt, so streicht er's den
braven Diendln auf die Backen.

Hans.

Ganz g'wiß!

Rosl.

Sag, hast Du mich denn wirklich gar so gern, oder
thust Dir nur so? Ich meine, wenn ich Deine Liebe nur
sehen könnt, wie groß sie wär, und ob's darnach ausschaut,
daß sie auch Dauer hat?

Hans.

Die Lieb' kann man so wenig seh'n wie unsern Herr=
gott! Aber glauben muß man d'ran, wenn man wahr=
haft glücklich sein will.

Rosl.

Wenn ich nur sagen könnt' daß mich der Glauben
selig machte. Deine Frau Mutter ist halt gar so bös.
So lang sie lebt, dürfen wir uns beim Tag nicht sehen
lassen. Ich bin ihr zu arm, gelt ja?

Hans.

Rosl, Du thust mir weh, wenn Du so red'st. Aber
recht hast Du wohl. Unser Verhältniß, sagt sie, wär' eine
Sünd.

Rosl.

Warum nicht gar eine Sünd'? Weiß Gott, was sich
Deine Mutter einbild't.

Hans.

Und wenn ich ihr vorjammer', so heißt's, ich soll in's Kirchen geh'n, nachher werd ich Dich vergessen. Aber just 's Gegentheil! Jeder Maibuschen erinnert mich an ein Rosl, und schau ich einen Engel an, und ist er schön, so sieht er Dir gleich, und ist er nicht schön, so denk ich mir: dem Bildhauer hätt' ich auch ein besseres Modell gewußt. Und kommt's wirklich zum Händeaufheben, so weiß ich um nichts zu beten, als daß ich Dich heirathen darf.

Rosl.

So kann's nimmer lang bleiben. Wenn wir nur so zwischen Dunkel und Siehst' nichts zusammenkommen, was thun wir denn, wenn's ein Mal bis Neune Tag is? Und schön is auch nit, das Hersteh'n; kommt doch hie und da Einer vorbei, der einen kennt.

Hans.

O, mein' Rosl, ich wüßt mir ja keine größere Freud', als wenn ich Dich am hellen Sonntag in der ganzen Stadt 'rumführen dürft; ich wär' stolz auf Dich und Du wärst stolz auf mich; und so wären wir halt alle zwei recht stolz.

Rosl.

Wann wird der Sonntag im Kalender stehen? Aber ich mein', ich krieg Dich doch noch! G'wiß!

Hans.

Hast Du vielleicht in der Christnacht in einen Brunnen g'schaut und hast mich g'sehn?

Rosl.

Bei uns zu Haus hat man ein ganz anderes Mittel. Man legt zwei Rosenblätter aufeinander und wirft sie in' Bach. Gehen sie auseinander, so kommt die Heirath nicht zu Stand', bleiben sie aber beisammen, so kriegen sie einander. Neulich hast mir ja eine Rose 'geben.

Hans.

Hab' s' aus'm Hofgarten g'stohlen, darf Niemand was wissen.

Rosl.

Die zwei Blätter sind beisammen blieben, und ich bin ihnen nachgelaufen — 's Wasser hat sich g'staut, ist wieder abwärts g'schossen — die Blätter waren alleweil beisammen und endlich — sind sie mit einander untergangen! Aber jetzt ist's Zeit. B'hüt dich Gott!

Hans.

Ein Bußl gibst mir noch!

Rosl.

Schaut Niemand her? Da dorten mein ich, is Einer.

Hans.

Ja, es is schon Einer dort, nämlich der Raththurm, und der druckt schon ein Aug zu.

Rosl.

Der kommt mir so kurios finster vor heut. (Gibt ihm einen Kuß. In diesem Augenblick wird vom nahen Thurm eine ehrwürdige Weise geblasen.) Jeffes, bin ich erschrocken!

Hans.

Morgen ist's Sonntag, da blasen sie ja allemal vom Thurm.

Rosl.

Ich mein, die hätten's geseh'n und thäten's jetzt über= all austrompeten.

Hans.

Geh', Du bist gar so spaßig. Weil das Blasen eine so schöne Begleitung ist, gibst D' mir noch ein Buß. O, mein' Rosl, wie arm bin ich ohne Dich, und wie reich wär' ich mit Dir. Die Liebe braucht kein Geld; Bußerln, das sind ihre Münzen, die werden in demselben Augen= blick geschlagen und ausgegeben.

Rosl.

Der Judas war nachher ein großer Falschmünzer!

Hans.

Ja. Ich aber nicht!

Rosl.

Nein! Die Deinigen sind eher zu schwer als zu leicht.

Hans.

Schau: ein Blick, das is ein neuer Kreuzer; ein klei= nes Lächeln, das is ein Zwölferl; ein Druck mit der Hand, das is ein Zwanz'ger! und sechsmal b'Hand druckt, das gibt schon ein'n Kuß und der muß so brennen, wie ein nagel= neuer Thaler. Bei Dir wurd' ich noch ein rechter Geiz=

17

hals, ich gebet's nit nach, bis ich nit ein paar Mal hun=
derttausend so Thaler beisamm' hätt'. — Also b'hüt Dich
Gott! (Ab.)

Rösl.

Jetzt füll' ich halt mein' Krug zum fünften Mal ein;
jetzt gilt's aber.

Scene 11.

Rösl. Geiß. Hainstöchl. Amtsdiener mit 2 Stabstrabanten. Konrad von der andern Seite.

Konrad.

Scheint ein nettes Ding da, am Brunnen!

Geiß (Rösl den Weg vertretend).

Halt! unheimliche Person, ich verhafte Sie!

Rösl.

Daß ich nit gleich in' Boden 'nein sink? Warum
denn?

Geiß.

Sie ist beschuldigt der fortgesetzten Anwendung super=
stitioser Mittel, um einen tabellosen Menschen an sich zu
locken und selben zum Ungehorsam aufzureizen, wobei nicht
ungegründeter Verdacht vorhanden, daß Sie sich geheimer

Zauberei beſließen, wo nicht gar mit dem böſen Feind — Gott behüt' uns — in Communication ſtehe.

Roſl.

Sollt' denn ſo was wirklich möglich ſein?

Konrad (für ſich).

Das iſt ja die Roſl?

Selß.

Quod est demonstrandum! Deßhalb hat der Stadt-richter Detenirung und proviſoriſchen Verhaft anbefohlen. Vorwärts!

Roſl.

Wohin denn?

Selß.

In den Raththurm.

Roſl.

Das halt ich nit aus! Ich eing'ſperrt — ? Heut Nacht ſterb ich.

Selß.

Es iſt nur proviſoriſch!

Hainſtöckl.

Du ſollſt mir Deinen Freund Satan nicht mehr über den Hals ſchicken!

17 *

Konrad (der sich tiefer in seinen Mantel gehüllt, faßt Hainstöckl, reißt ihn bei Seite und ruft mit der bereits angewandten Stimme):

Willst Du spazieren fahren?

Hainstöckl.

Hat mich schon wieder!

Konrad.

Nur einen Laut und Du bist tausend Klafter unter diesem Boden! Gib sie los! Sag', es sei nicht die rechte! Na, wirst Du?

Hainstöckl.

Herr von Satan — Ihr Wunsch ist mir Befehl! (zu Heiß, und von Zeit zu Zeit ängstlich nach Konrad umschauend:) Herr Collega, lassen Sie mich doch die Person nochmal ordentlich anschauen. Die ist's ja gar nicht! Das ist ja eine ganz andere!

Heiß.

Also nicht diejenige Rosl —

Rosl.

Ja, die Rosl schon —

Hainstöckl (leise).

So sei doch still und verschnapp Dich nicht. (Für sich.) Jetzt muß ich ihr selber 'raushelfen.

Heiß.

Aber es hat geheißen, daß sie im Dunkeln an diesem Brunnen —

Hainstöckl.

Ganz richtig! Aber die da ist's halt nicht!

Seiß.

Aber das Signalement — Nase gebogen —

Hainstöckl.

Wie wollen Sie denn im Finstern eine gebogene Nase von einer spitzigen wegkennen?

Seiß.

Gesicht voll —

Hainstöckl.

Warum nicht gar! Das ist ja eine ganz zusammen= geschwundene Person!

Seiß.

Schwarzes Haar —

Hainstöckl.

Bei der Nacht sind sie alle schwarz, die Haare näm= lich. Ich sage Ihnen — sie ist nicht nur eine andere, sondern eine ganz andere, als die andere, die wir mit den Andern suchen.

Seiß.

So bleibt uns nichts übrig, als die benachbarten Brunnen zu inspiciren.

Hainstöckl.

Und ich habe das Vergnügen, den Gang mitzumachen.

Wenn sie mir auch heute ausgekommen ist — morgen
kriegen wir sie doch schon. (Geberdenspiel mit Konrad). Wenn
'ich nur den geringsten Anhaltspunkt hätte, daß das ein
Spitzbub ist, so packet' ich ihn; aber ich weiß ja nicht ge=
wiß, ob's nicht d o ch der Teufel ist — und das ist eben
der Teufel!
(Er will sich den Uebrigen anschließen, wird aber durch Konrad verhindert.)

Hainstöckl.

Läßt mich noch nicht aus! — ich bin abgeschnitten!
(Konrad verfolgt ihn um den Brunnen herum und erwischt ihn.)

Konrad.

Hainstöckl, Dir ist warm!

Hainstöckl.

O nein, mir läuft's eiskalt über'n Rücken! Herr von
Teufel, wenn Sie mich wirklich nicht mehr auslassen wol=
len, so holen Sie mich lieber gleich, ich kann das Herum=
drucken nicht leiden!

Konrad.

Du mußt ein Bad nehmen. Hier ist der Fischbrunnen.

Hainstöckl.

Ja, was soll ich denn da?

Konrad (zieht ihn langsam gegen den Brunnen).

Hinein!

Hainstöckl.

Was? Hinein?

Konrad.

Oder mit mir spazieren fahren.

Hainstöckl.

Am Ende gehe ich doch noch lieber in's Wasser als in's höllische Feuer.

Konrad.

Wirst Du —?

Hainstöckl (hinaufsteigend).

Aber wenn ich ersaufe — ich kann nichts dafür! Mit den Dummheiten da —

Konrad.

Eins — zwei — drei;
(Hainstöckl plumpt hinein. Konrad zieht sich zurück.)

Hainstöckl.

Hülfe! — Ich kann nicht schwimmen — der Rath= schreiber geht unter!

———

Scene 12.

Voriger. Heiß mit den Stadttrabanten und dem Rathdiener zurück.

Heiß.

Was gibt's?

Rathdiener.

Je, der Herr Rathschreiber im Fischbrunnen!

Hainstöckl.

Ich bin ertrunken! Aberlassen!

Heiß.

Aber wie kommt denn der Rathschreiber in' Fisch=
brunnen?

Hainstöckl.

Mein Gott, ich bin gestolpert — der Brunnen steht
ja dumm genug da · mitten in der Straße — muß man
ja hineinfallen. Stadttrabanten, bildet ein Quarré um
mich und führt die nasse Obrigkeit nach Hause. — Die
Straßen dieser Stadt fangen an, mir unheimlich zu werden!

Konrad
(zeigt sich durch Emporhalten des Hutes und Mantels in vergrößerter
Gestalt).

Hainstöckl.

Ui je — jetzt fängt er auch noch an, zu wachsen.

(Mit Allen ab.)

Dritter Aufzug.

(Sitzungssaal des Rathhauses.)

Scene 1.

Geiß. Spaten. Luchtlinger. Hainstichl und mehrere **Mitglieder des innern Rathes. Rathdiener. Jörg von Stapfen** (steht bei Seite).

(Die Rathsherren sitzen an einem langen Tisch. Die Saalthüre befindet sich inmitten des Hintergrundes.)

Geiß.

Die wichtigeren Sachen sind vorbei. Jetzt kommen noch unterschiebliche Bitten und Beschwerden. Der Thorwart vom Sendlingerthor will einen neuen Kreuzstock; es zieht so herein, daß er bereits das Podogra hat.

Spaten.

Na, wenn er meint, können wir ihm ja eine Winterthüre an's Sendlingerthor machen lassen? Was das Podagra jetzt für eine gemeine Krankheit wird! Früher mußte

Einer doch wenigstens studirt haben; zuletzt kommt's noch
so weit, daß einem Holzhacker das nämliche fehlt, wie unser
Einem.

Peiß.

Wie steht es mit der von der hohen Landschaft ver-
langten Uebersicht der Gewerke und Künste, die in hiesiger
Stadt betrieben werden?

Spaten.

Da hab' ich's. So eine Arbeit muß man aber mir
nimmer zumuthen; denn ein Mann der elf Häuser hat,
hat nicht Zeit, daß er sich hinsetzt und den ganzen Tag
Schuster und Schneider zusammenzählt. Die Gewerke haben
wir 's letzte Mal schon gehabt. Heut kommen die Künste.
Die Künste werden eingetheilt erstens: in leibliche Künste,
zweitens in geistige Künste, drittens in Verzierungskünste
und endlich in Kunsthändler. Mit leiblichen Künsten be-
schäftigen sich 11 Bader, 4 Stadtärzte, 32 Hebammen;
mit geistigen 8 Schullehrer, 11 Buchbinder, 2 Buchdrucker.
Zur Verzierung arbeiten 2 Brillenmacher, 1 Orgelbauer,
2 Kartenmacher, 4 Hafner und 6 wälsche Sprachmeister.
Mit dem Kunsthandel ernähren sich 4 Apotheker, 2 Buch-
händler und einige Kunst- und Bilderhändler, die wir schon
unter der Rubrik: „Tandelmarkt", kennen gelernt haben.
(Uebergibt das Referat.)

Hainstößl (nimmt es in Empfang).

Herr Rath, ich gratulire, das ist ein Referat, das sich
gewaschen hat.

Tuchtlinger.

So, jetzt ift bie Stabt verforgt — bas Uebrige laffen
wir unfern Herrgott machen. (Erhebt fich, um fortzugehen; mit
ihm bas ganze Collegium.)

Jörg.

Halt Collegium! Wozu wäre benn ich in ber Sitzung?
Der Stabtrichter hat Euch auch eine Angelegenheit vorzu=
tragen, die um fo wichtiger ift, wenn man bas Verberben
unferer Zeit betrachtet.

Spaten.

Sollen wir vielleicht wieber gegen einen Ketzer ein=
fchreiten? Ich muß fagen: bas Ding habe ich fatt. Ich
bin für bie Freiheit, aber mit Ordnung. Freiheit ohne
Ordnung ift ein Salat ohne Braten; vom Salat allein
kann kein Menfch leben. Jeben Ketzer follte man laufen
laffen, aber einen Dieb könnt' ich zweimal hängen fehen.

Jörg.

Unfere Mitbürgerin, bie ehr= unb tugenbgeachtete Frau
Apollonia Meierlin, Bierbrauerswittwe zum Lampel —

Spaten.

Die Lampelbräuin — ?

Alle.

Ah, bie Lampelbräuin!

Jörg.

Unterbrecht mich nicht, liebe Collegen! Gebachte Mit=

bürgerin bringt auf Untersuchung gegen eine gewisse Person, Namens Rosl, in Diensten bei der Weinschenkens=
wittwe Döpstlin.

Spaten.

Richtig — Die Rosl —

Alle.

Ah, die Rosl!

Spaten.

Da lauft ja Alles hin? die soll den Wein so ein=
schenken können, daß er Einem noch einmal so gut schmeckt
und man dreimal so viel trinkt, nur um das „O'seg'n
Dir 's Gott!" dreimal zu hören. Sie ist eine Oberlän=
derin, und sagt zu jedem Menschen Du, und das thut
auch einem (auf den Stadtrichter weisend) alten Haus wohl,
wenn so ein saub'res junges Ding „Du" zu ihm sagt.

Tuchtlinger.

So gehen wir hin.

Spaten.

Wenn der Herr Stadtrichter nicht gar so vergafft wär'
in sein 1696ger. Aber das thut nichts, heut muß er mit.
Gehen wir hin, jetzt gleich, Alle miteinander!
(Alles erhebt sich.)

Jörg.

Halt! Im Namen der Justiz! Davon kann keine
Rede sein. Die incriminirte Rosl wurde heute Morgens

auf das Rathhaus citirt und befindet sich dahier in Ge=
wahrsam.

Alle.

Was? Warum denn?

Jörg.

Niedersitzen! Es wird sich Alles zeigen.

Tuchtlinger und die Uebrigen.

Na, setzen wir uns halt nochmal nieder.

Spaten.

Dann muß ich mir meinen Schoppen herbringen
lassen, wenn ich nicht krank werden soll. Mein Magen
ist eine Uhr, Schlag 10 Uhr muß er aufgezogen werden,
sonst bleibt er stehen.

Jörg.

Obige Frau Meierlin beschuldigt' die rubricirte Rosl,
daß sie ihren Sohn Hans durch versteckte Künste berückt,
und ihm eine Abzehrung des Gemüths und gefährliche
Melancholie angezaubert habe.

Spaten.

Unsinn!

Jörg.

Unsinn? Herr Collega, Er ist ein Freigeist!

Spaten (heftig).

Ein Mann, der elf Häuser hat, ist nie ein Freigeist.

Jörg.

Silentium! Es liegen Angaben vor, welche obigen Verdacht als höchst vernünftig erscheinen lassen. Für's erste ist der Zulauf zum Döpstlischen Haus, dem sich junge und alte, namentlich aber alte Herren ergeben, an und für sich unerklärlich und scheint eine Art Bann eingetreten zu sein.

Spaten.

Der Wein ist alt, die Rosl ist jung, den Wein trinkt man, die Rosl poussirt man, den „Bann" kenn ich!

Jörg.

Keineswegs! Es wurden zwei hiesige Weinschenken als Unparteiische befragt und nach ihrem Befund kann ein so plötzlicher Zulauf zu einer Wirthschaft nicht auf natür- liche Weise und lediglich in Folge eines Gewächses her- vorgebracht werden.

Spaten.

Das Hauptgewächs ist eben die Rosl.

Jörg.

Während des Gebetläutens verweilt sie gewöhnlich außer dem Hause, an einem Brunnen. Man wollte sie gestern festnehmen, aber sie hatte sich - - unsichtbar gemacht! Dem jüngsten Sohn der Frau Döpstlin ist durch bloßes Anwünschen von Seiten der Rosl ein geschwollener Backen zugestoßen! Seit ihrer Anwesenheit treiben sich im Haus verschiedene schwarze Katzen herum, von höchst übernatür- licher Beschaffenheit. Inquisitin selbst besitzt auf der Wange einen kleinen schwarzen Flecken, dergleichen viele ältere Gelehrte mit Recht als ein Stigma diabolicum erklärt haben.

Spaten.

Einen Flecken hat sie auf der Wang? Das war von jeher meine Liebhaberei. So ein Fleckl ist gleichsam ein Spaßetl der Natur. Meine erste Geliebte hatte auch eins, aber auf der Stirn. Wo ist die Rosl?

Jörg.

Collega! Mit Entsetzen nehme ich wahr, daß jene Person im Stande ist, sogar in ihrer Abwesenheit einen vernünftigen Mann verrückt zu machen.

Spaten.

Mein Herz wird leicht warm, zum Zorn wie zur Liebe, und ich hab' Augenblicke, wo ich bin, als ob ich keine elf Häuser hätt'. Das heißt man nicht Verrücktheit, sondern Gesundheit.

(Rathdiener bringt einen Schoppen Wein.)

G'segn' Dir's Gott, Spaten! (Trinkt.)

Jörg.

Das schwerste Zeugniß gegen die Inquisitin aber bringt unser Sekretarius selber. Er besuchte die Rosl auf ihrer Stube.

Spaten.

So?

Hainstöckl.

Nur um mich nach ihrem Seelenheil zu erkundigen. Der Herr Spaten, das ist ein Spaßvogel, den kennen wir schon.

Jörg.

Die Rosl floh vor seinen Blicken und er selbst wurde von einem Wesen gepackt, von welchem man noch nicht weiß: war es ein Spitzbube oder der Satan selber. Da keinerlei Diebstahl im Hause vorkam, so besteht große Wahrscheinlichkeit, daß es der Satan selber war.

Spaten.

Und der hat den Rathschreiber gepackt? Schad, daß er ihn nicht mitgenommen hat.

Hainstöckl.

An meiner Stelle, Herr Rath, wären Ihnen die Späße vergangen; es war ein Griff, wie keine menschliche Hand greifen kann; ich habe geglaubt, er zieht mir die Seel' beim Halstuch 'raus. Dann mußte ich mich hinsetzen und einen höllischen Diskurs führen — das war eine heiße Viertelstund! Dann hat er meinen Geldbeutel visitirt und ich sah deutlich, wie er sich an einem Frauenthaler die Finger verbrannte. Zuletzt ist er über's Dach davon — st, weg war er!

Spaten.

Wie schaut er denn nachher aus, der Satan?

Hainstöckl.

Na, es ist so ein Kleiner, Untersetzter. Und geschnupft hat er auch. In dieser Dose hatte er seine infernalischen Finger — ich rühr' den Tabak nimmer an; wer's riskiren will, kann's thun. (Stellt die Dose auf den Tisch.)

Spaten.

Ich schnupfe gleich! (Nimmt eine Prise.)

Tuchtlinger.

Ich auch! (Schnupft; Mehrere thun desgleichen.)

Jörg.

Wo soll das hinführen? In diesem Collegio herrscht ein solcher Geist des Frevels, daß es mich wundern sollte, wenn der böse Feind nicht angereizt würde, selbst einmal anzuklopfen, um den alten Respekt vor seiner Macht wieder herzustellen.

———

Scene 2.

Vorige. Konrad, dann Rathsdiener.

Konrad (macht einen Schritt zur Thüre herein und, das Collegium bemerkend, gleich wieder hinaus).

Hainstöckl (schreit und verkriecht sich).

Da ist er schon!

1r

Jörg.

Wer war das?

Hainstöckl.

Er, der Gewisse! Ich führ' kein Protokoll mehr!

Jörg (erbebt).

Spaten (nimmt einen Stock).

Muß doch nachschauen — (öffnet die Thüre und haut hinaus). Rathdiener! Wer war da?

Rathdiener (tritt ein).

Hab' Niemand geseh'n! (Ab.)

Spaten.

Der wollte wahrscheinlich in die Schreibstube und ist irre gegangen. Na, der Herr Stadtrichter wird sich doch nicht fürchten?

Jörg.

O nein! Aber Späße müßt Ihr mir nicht mehr machen, liebe Collegen; denn es ist wirklich kein Spaß. Lieber Spaten, einen Schluck! (Trinkt von Spaten's Glas.)

Hainstöckl (schleicht sich nachher auch herzu und trinkt es aus).

Jörg (Angstschweiß abwischend.)

Meine Collegen — wo bin ich jetzt stecken geblieben?

Spaten.

Beim Rathschreiber seinem Zeugniß.

Jörg.

Richtig: — Was wollte ich doch jetzt sagen? — Liebe

Collegen, wenn es keine Herenkünste gäbe und keinen
sträflichen Rapport mit dem Teufel, wozu wäre denn das
große Landverbot von 1611, das annoch fortbesteht? Auf
dieses gestützt habe ich mich der Sache bemächtigt, obwohl
es mir lieb wäre, wenn ich von der ganzen Geschichte nichts
wüßte. — Ich muß sagen, ich wünschte doch sehr zu wissen,
wer vorhin da hereingeschaut hat!

Spaten.

So ein Kleiner, Untersetzter!

Jörg.

Herr Collega, das Freveln kann ich nicht leiden

Spaten.

Nur weiter! 's Landverbot!

Jörg.

Das große Landverbot sagt im ersten Artikel: „Wer
den bösen Feind gestaltsame anruft, oder durch ohnzulässige
magische Mittel in seine Gewalt bringt, soll mit dem
Feuer bestraft werden".

(Sensation unter den Mitgliedern.)

Jörg (liest weiter).

Artikel 2 aber lautet: „Diejenigen, welche durch Philtra
oder Eingebung machen, daß Eins das Andere mus lieb
haben, also durch verbotenes Zauberwerk Lieb und Haß
erwecken, auch einem Andern an der Sanität des Leibes
und der Seele etwas anhängen, sollen mit dem Schwert
bestraft werden".

18*

Spaten.

Bloß mit dem Schwert?

Jörg (lefend).

„Nach Gelegenheit der Umstände können sie wohl auch zu Asche verbrannt werden."

Spaten.

Das sag' ich dem Herrn Stadtrichter: Was vor 50 Jahren ging, geht heutzutage nimmer — die Welt macht Fortschritte!

Tuchtlinger.

Ja wohl, und wenn's auf'n Fortschritt ankommt, sind wir allemal dabei.

Spaten.

Einen bösen Feind gibt's, das ist gewiß. Wenn Einer sein Geld verspielt, so ist nicht seine Dummheit oder sein Leichtsinn Schuld, sondern der Teufel hat ihn 'neingeritten. Wenn ein Mann sagt: er müßt' einen guten Freund besuchen, der krank ist, und seine Frau begegnet ihn, wie er mit einer Köchin spazieren geht, die sehr gesund ist, so denkt der Mann natürlich: der Teufel hat meine Frau dahergeführt. Die Menschheit b r a u c h t einen Sündenbock, auf den sie Alles schiebt. Daß aber der Teufel als Katze 'rumspringt, sich auf Kunststücke verlegt, alte Weiber jung macht und Sägspähne in Gold verwandelt, das ist ein U n s i n n. Nur so lang die Menschheit k i n d i s c h war, hat sie sich auch einen k i n d i s c h e n Teu-

fe l vorgestellt. — Ich glaube an ihn, (feierlich): aber auf
ernsthafte Weise! — In u,n's selber steckt er! — (heftig)
Und so soll man auch 's Volk belehren! — Jetzt hab' ich
's ihm g'sagt.

Jörg.

Mein Himmel — was sind das für Ansichten!

Spaten.

Gegen die Ansichten kann Niemand was sagen, denn
der, der sie ausspricht, hat elf Häuser, und wenn ich in
die Hitz' komm', so nehm ich 's große Landverbot und
schieb 's in Ofen hinein!

Jörg.

Audiatur et altera pars!

Spaten.

Was hat mich der Stadtrichter geheißen? Ich bin
freilich ein alter — er ist auch ein alter — aber was für
ein alter?!

Heiß.

Man muß beide Parteien hören, sagt der Stadtrichter,
und das ist wahr.

Tuchtlinger und Mehrere.

Ja, das ist wahr!

Jörg.

Für alle Fälle habe ich heute mit dem Frühesten eine

unterthänige Anfrage an das Ordinariat geschickt, nach welcher Intention dieser wichtige Fall zu behandeln sei. Indeß müssen wir die Inquisitin sowie die Zeugen ordentlich vernehmen. (Läutet.)

Rathdiener erscheint.

Rathdiener! was macht die gewisse Rosl, die wir seit heute früh deteniren?

——————

Scene 3.

Vorige. Rathdiener.

Rathdiener.

Im Anfang hat sie geweint, dann fing sie zu beten an; Herr Stabtrichter, so betet keine Here!

Jörg.

Rathdiener, bleib' Er bei seinem Amt!

Rathdiener.

Nachher war sie ganz still und vorhin jobelte sie. Ja, sie jobelte.

Jörg.

Man führe sie her!

Spaten.

Ich schlag' vor, statt dem Examiniren lassen wir uns was vorjobeln.

Hainstöcl.

Ich stell' mich ein Bischen in den Hintergrund, denn mir ist diese schwarzgefleckte Person nicht ganz heimlich.

Scene 4.

Vorige. Rosl.

Spaten.

Ah — da ist sie! Herr Stadtrichter, wir trinken unsern Schoppen morgen jedenfalls bei der Töpstlin.

Jörg.

Weißt Du, was man Dir zur Last legt?

Rosl.

Ja wohl! daß ich eine Her bin. — Ich wollt', ich wär' eine, nachher thät' ich dem, der mir das aufgebracht hat, ein Paar Ohren anheren, daß er keinen vernünftigen Hut mehr aufsetzen könnt'!

Jörg.

Du läugnest also jede Bekanntschaft mit dem Bösen?

Rosl.

Eine Bekanntschaft hab ich wohl, aber mit keinem Bösen. Mein Hans ist gar ein Guter.

Jörg.

Was sagst Du zu der schwarzen Katze, die sich plötz=
lich in eurem Haus zeigt?

Rosl.

Hab' weiter keine g'seh'n, und wenn auch (Jörg messend)
mit dem Vieh hab' i' schon zu Haus nie g'red't.

Jörg.

Auf welche Art hast Du den Hans an Dich gezogen?

Rosl.

Das is die Geschichte mit dem Blumenstock; die hab'
ich (auf Hainstödl deutend) dem da schon erzählt. Ueberhaupt
fragt nur den, der weiß, was an meiner Hererei is. Er
hat's selber g'sagt, er glaubt net b'ran, und es wär' eine
Dummheit.

Alle (Hainstödl ansehend).

Was?!

Spaten.

Wart Rathschreiber, jetzt kommt's auf!

Hainstödl.

Ich? Hochweiser Richter, diese Person hat's auf mich
abgesehen —

Rosl.

Was? Gelt! Dein Kletzenbrod mit dem Mandelherz
hätt' ich halt annehmen sollen?

Spaten.

Aha!

Alle.

Ahaa!

Hainstöckl.

Mit diesem Kletzenbrod hat es eine ganz eigene Bewandtniß.

Rosl.

Willst Du's läugnen, daß D' mir hast ein Bußl abtrutzen wollen?

Alle (Hainstöckl anblickend).

Sooo?

Hainstöckl (bei Seite).

Wie werd' ich mich jetzt da 'rausbeißen! (vortretend) Hochweises Gericht! (hustet) Als die Eva im Paradies —

Spaten.

Jetzt fängt er gar mit der Eva an. Kürzer!

Hainstöckl.

Gut, so lassen wir die Eva liegen. Höchstweiser Richter! Ich bin allerdings ein sündhafter Mensch, und habe in der Versuchung so um ein Bußl herumgeredet, aber ich wollte nur erproben, ob ihr Einfluß auf das Gemüth wirklich so außerordentlich schädlich ist! ich wollte mich der

Unterſuchung gleichſam aufopfern. Ich habe ſogar einen Mo-
ment an gewiſſen Möglichkeiten gezweifelt, war aber ſogleich
wieder bekehrt, als der Bezweifelte mich ſelbſt beim Kragen
nahm.

Jörg (zu Roſl).

Sprich, wer hat den Rathſchreiber gepackt? Wen haſt
Du zu Deiner Hilfe citirt?

Roſl.

Das darf ich nit ſagen, ich hab's verſprochen. Jetzt
laßt mich aber fortgehn, es wart't ſo viel Arbeit auf mich,
wenn ich heimkomm'.

Jörg.

Zuerſt muß Deine Unſchuld hergeſtellt ſein. Setz'
Dich nieder.

Roſl.

Jetzt bleib ich juſt noch ein wenig ſteh'n. Der Hans
und ich — ich und der Hans, wir ſind verliebt in einander. Grad wie ich b'reinſchau, ſo thut's ihm wohl in
der Seel'; wie ich red', ſo hört er's gern und wie über-
haupt mein ganzes G'müth is, ſo hat er's gern — warum?
das wiſſen wir nicht, es is halt ein Mal ſo. Warum
lauft der Bach bald links, bald rechts und net gradaus?
Weil er ſo m u ß. Und ſo is's mit der Lieb, wo ſie einen
Zug hin hat, da bringt man ſie nimmer weg. Ihr ſeid
zwar alte Leut —

Spaten und Mehrere.

Was?

Rosl.

Aber zurückdenken könnt Ihr doch noch; es wird Euch auch ein Mal' 'zogen haben. — Nicht?

Spaten.

Mich ziehts n o ch manchmal!

Rosl.

Es gibt welche, die nicht aus Liebe heirathen, aber deßwegen müssen's ja nit Alle so machen? Dem Einen thut 's grüne Futter besser und dem andern 's dürre! Ich hab nichts auf der Welt, als mich selber und mein gut's Gewissen, und mehr verlangt der Hans nit. Warum soll das nachher nicht mit rechten Dingen zugehn? Für was hat denn der Mensch sein Herz, als daß er's mit der Zeit herschenkt? Und was mich betrifft, so mach ich mich nicht schöner als ich bin, aber das g'langt mir grad. Ich hab' meine graden Glieder im G'sicht, und mit meinen Augen kann ich dreinschauen, und wenn ich grad 's Maul g'spitzt hab', so hat's noch Kein graust davor. So ein gar schreck-lich's Wunder ist's ja doch nicht, wenn mich Einer mag? Das merkt Euch, wenn ich Einem gefall'n will, so brauch ich den Teufel nicht dazu. — So, jetzt setz' ich mich nieder.

Spaten.

Brav, Rosl, wenn wir noch Wein hätten, lasseten wir Dich leben!

Tuchtlinger.

Na, wir tragen's nach!

Jörg (läutet).

Rathdiener (tritt ein).

Jörg.

Die Zeugen herein! (Rathdiener ab.)

Scene 5.

Vorige. Frau Döpflin. Frau Meierlin. Xaver. Nannl.

Frau Döpflin (mit Frau Meierlin vor der Thüre, dem Publikum sichtbar, sehr heftig streitend und agirend).

Muß man noch vor Gericht kommen, das war von jeher mein Widerwillen.

Frau Meierlin.

Hätten Sie mir gefolgt und die Rosl heimgeschickt, so wär' Alles aus!

Frau Döpflin.

Da könnt' Jeder herkommen und sagen: Sie haben da eine saubere Person im Haus, die müssen Sie weg= thun, denn ich fürcht', mein Sohn könnt' sie heirathen!

Frau Meierlin.

Sie hat meinen Hausfrieden gestört.

Frau Döpflin.

Was kann denn sie dafür, wenn Sie selber auf Ihren Sohn eifersüchtig sind? Mein Xaverl weint schon den ganzen Vormittag. Der Bub ist einmal an das Mädel gewöhnt.

Frau Meierlin.

Und sie bleibt doch nimmer in der Stadt!

Frau Döpftlin.

Das wollen wir sehen, ob Sie in meinem Haus zu schaffen haben, oder ich!

Spaten (will Ruhe herstellen).

Also —

Jörg (wehrt ihm ab).

Nur ruhig! Der Richter muß immer warten, bis sich die Parteien ausgetobt haben.

Frau Meierlin.

Da steht sie, die saubere Base! Eine schöne Verwandtschaft! (Zu Jörg.) Sie mag recht gut sein als Lockvogel in einer Weinwirthschaft, damit sich die Herren lieber aufhalten, aber meine Familie soll sie aus'm Spiel lassen.

Frau Döpftlin.

Frau Meierlin, meine Weinschenke braucht nichts dergleichen. Ich bin auch einmal jung gewesen, aber ein Lockvogel war ich nie! Wenn bei mir eine vornehmere Einkehr ist, wie bei Ihr, so liegt der Unterschied im Geschäft.

Frau Meierlin.

Meinen Sie etwa gar, Sie haben ein vornehmeres Geschäft? Sie kriegen die Flasche um 18 Kreuzer, und verkaufen sie um 36, das ist die ganze Vornehmheit!

Spaten.

Wißt Ihr, was für ein Unterschied ist, zwischen Euch

Zwei? (Zur Döpflin.) Bei der Weinwirthin muß man 's Wasser erst darunter schütten, und (zur Meierlin) bei der Lamplbräuin kriegt man 's gleich im Krug mit.

Jörg.

Nun wollen wir endlich zur Vernehmung schreiten. Komm her, Kleiner!

Xaver.

Na, zu dem mag ich nit hin!

Frau Döpflin.

Geh' nur hin, Schatz; es ist ja nur der Herr Stadt= richter, der thut Dir nichts.

Xaver.

Der hat ein Gesicht, wie mein Hanswurstl.

Jörg.

Warum hast Du denn vorhin geweint?

Xaver.

Weil's mich reut, daß die Rosl nimmer bei uns ist. Ich muß Zwei haben, wo ich meinen Zorn auslassen kann; die Frau Mutter allein langt nicht.

Rosl.

Wart' nur, ich komm schon wieder.

Jörg.

Aber hat sie Dir denn nicht einen hohen Backen an= gewunschen?

Xaver.

Angewunschen? Sie hat mir halt eine Ohrfeige gegeben.

Jörg (erhebt sich).

Sekretarius! schreib' Er's in's Protokoll. Ein Anklagepunkt fällt weg, denn eine Ohrfeige ist keine
Hexerei.

Frau Döpflin.

Eine Ohrfeige hat sie ihm 'geben, und doch weint er
jetzt um sie? O Xaverl, ich weiß nicht, woher Du so ein
edles Herz hast (packt Eßwaaren aus und gibt sie ihm).

Jörg (zu Nanni).

Und Sie ist die Magd im Döpflischen Hause?

Nanni.

Ja, ich bin die Magd und zittere am ganzen Leib!

Jörg.

Warum? Ist Sie vielleicht auch verwickelt?

Nanni.

Nein, verwickelt bin ich nicht, aber ich hab' gehört,
unsere Rosl wär' eine Her und wird nächste Woche verbrannt.

Jörg.

Nun, der Tag ist noch nicht bestimmt.

Spaten.

Sei ruhig, Rosl, ich hab' die Löschanstalten, und werde das Feuer des Aberglaubens mit einer Ueberschwemmung von Aufklärung vernichten.

Jörg (zu Nanni).

Was weiß Sie von der übernatürlichen schwarzen Katze, die sich zwischen Licht und Dunkel sehen ließ, in welcher Gestalt ihr der böse Feind wahrscheinlich Visite gemacht hat?

Nanni.

Ich — ich hab' nur eine gesehen, und das war aber keine Katze, sondern ein Mops, und der ist auch nicht schwarz, sondern semmelfarb, und gehört nicht einmal uns, sondern der Frau ihrem Vetter, von dem haben wir ihn in der Kost, und der ist schon voriges Jahr hin geworden.

Jörg.

Dumme Person, ich spreche ja von dem schwarzen Kater, wegen dessen Sie aus Schrecken den Kaffe hat fallen lassen!

Nanni.

Ja so! Das war ein großer Kater! Nämlich der Frau ihrer Herr Sohn, der Konrad.

Frau Döpflin.

Was — ist der hier?

Nanni.

Na, ja — es is ihm ein Unglück passirt — er ist durchgefallen.

Frau Döpstin.

Wo denn?

Nanni.

Im — im — ich weiß net, wie man's heißt.

Frau Döpstin.

Im Cramel?

Nanni.

Ja! Er muß aber glücklich gefallen sein, er hat sich gar nichts gethan. Jetzt traut er sich nicht, der Frau unter die Augen zu kommen.

Frau Döpstin.

Da hat er Recht, denn heuer ist er bereits im 9ten Jahr auf der Universität und ich hab's gesagt, wenn er heuer mit seiner Jurixpubilenz noch nicht fertig wird, zahl' ich nichts mehr und er soll sich nimmer untersteh'n, in mein Haus zu kommen.

Jörg (zu Hainstöcl).

Also fällt wieder ein Anklagepunkt weg, indem hinter dieser übernatürlichen Katze nichts weiter ist, als ein ganz natürlich durchgefallener Student.

———

19

Scene 6.

Vorige. Rathdiener.

Rathdiener.

Es ist einer draußen, der herein möcht'.

Spaten.

Es sind auch mehrere herinn', die 'naus möchten.

Jörg.

Was begehrt er?

Rathdiener.

Er will sich zu Protokoll geben in Sachen der Roßl, ich weiß nicht als Be= oder Entlastungszeuge.

Spaten.

Wie schaut er aus?

Rathdiener.

Es ist so ein Kleiner, Untersetzter.

Hainstöckl.

Herr Spaten — haben Sie keinen Wein mehr?

Jörg (ebenfalls höchst erschrocken).

Collegen — dieses Individuum hat sich noch nicht naturgeschichtlich ausgewiesen. — Hereingelassen ist der Teufel gleich, aber wie man ihn wieder hinaus bringt? —

Spaten.

Auf meine Verantwortung!

Alle Räthe.

Ja wohl, hereinlassen!

Jörg.

Collegen, ich weiß nicht, woher ihr so viel Courage nehmt.

Rathdiener (öffnet; dann ab).

———

Scene 7.

Vorige. Konrad.

Hainstöckl.

Er ist's schon!

Frau Döpflin (fährt ihn gleich beim Eintritt an).

Du liederliches Tuch! Du Faullenzer! Stiehlst unserm Herrgott seinen Tag und mir das Geld aus'm Sack.

Hainstöckl.

So hätt' ich auch mit ihm reden sollen!

Konrad.

Liebe Frau Mutter! Ihr freundlicher Willkomm' rührt
19*

mich unenblich; ich wäre aus meiner Bescheidenheit noch
nicht hervorgetreten, aber Sie wissen, es war von jeher
meine Leidenschaft, der Unschuld zum Siege zu verhelfen,
und ich muß dasjenige thun, was sonst das Geschäft der
Rosl ist, nämlich den Herren reinen Wein einschenken. —
Herr Hainstöckl — wir kennen uns schon!

Hainstöckl.

Ja wohl! Mit Vergnügen denke ich d'ran! — Wie
hat Ihnen mein Kletzenbrod geschmeckt?

Konrad.

Unter meinem väterlichen Dach ruhte ich auf meinen
wissenschaftlichen Lorbeeren aus; um eine Commotion zu
haben, ging ich ein wenig auf der Plattform spazieren und
sah durch ein Dachfenster, wie dieser würdige Herr bemüht
war, den Teufel, den er in jener liebenswürdigen Hülle
vermuthete, herauszubringen.

Hainstöckl.

Nicht wahr, Sie haben's selber gesehen, daß meine
Absicht die beste war?

Konrad.

Ja, er ist ein braver Mann!

Hainstöckl.

Wenn's der Teufel selber sagt, muß's doch wahr sein.

Konrad.

Um seine Mühe doch einigermaßen mit Erfolg zu

krönen stieg ich hinein, und er hat sich aus meinen Klauen auf
eine Art losgekauft, welche für sein gutes Herz ein treffliches
Zeugniß gibt: er versprach nämlich den Inhalt seiner Börse
in die Armenbüchse zu werfen; einen Reichsthaler und drei
Dukaten.

Hainstöckl.

Von dem Zwanziger sagt er nichts, den hat er ver=
soffen.

Jörg.

Also fällt auch diese Anklage weg und die Inquisitin
hat sich nur mehr über das schwarze Fleckl auf der Wange
auszuweisen.

———

Scene 8.

Vorige. Rathdiener.

Rathdiener (bringt ein Schreiben).

Jörg.

Das erbetene Gutachten des Ordinariats. (Liest.) „An
den Stadtrichter Jörg von Stapfen. — Daß das Landver=
bot von 1611 wider Hexen und Zauberei in unserer wohl=
erleuchteten Zeit nicht mehr anwendbar ist, dessen hätte
sich der Stadtrichter gebührender Maßen selbst versehen
können."

Spaten.

Gratulir', Herr Stadtrichter; das ist eine schöne
Nasen!

Jörg (weiter lesend).

„Der Churfürst hat erklärt, daß unter seiner Regie-
rung der Scheiterhaufen nur mehr im Ofen
brennen darf."

Spaten.

Was hab' ich gesagt? Ich und der Churfürst, wir
Zwei sind allemal die Gescheidtesten!

Jörg.

Auf dieses hin will ich auch jenes schwarze Fleckl von
der Instanz absolviren.

Hainstöckl.

Das wird zu den Akten gelegt; wo meine Schrift
ist, da gibt's schwarze Fleck' genug.

Jörg.

Der unschuldig Angeklagten bleibt es überlassen, von
ihrer Gegnerin für die Calumnie eine Entschädigung zu
verlangen.

Rosl (zur Meierlin).

Ja, die verlang' ich. Sie soll mir mein' Haus
geben, nachher bin ich zufrieden.

Jörg.

Angenommen; sie kriegt den Hans, um mit ihm alle
Schmerzen zu verschmerzen.

Frau Meierlin.

Da hab' ich doch auch was b'rein zu reden.

Jörg.

Nein! Ich habe mir's in meiner richterlichen Praxis zum
Grundsatz gemacht, bei jedem Prozeß muß ein Vergleich
zu Stand kommen! — Wenn Sie appelliren will, meinetwegen, dann kommt's aber dahin, daß Sie ihr als Calum-
niantin 10,000 Gulden zahlt, dafür garantir' ich Ihr.

Frau Meierlin.

Zehntausend Gulden?!

Jörg.

Wenigstens! Na, will Sie, Zehntausend Gulden,
oder der Hans — eines ist hin!

Spaten.

Ich gebet den Hans her.

Frau Meierlin.

Damit meine Sach' in der Familie bleibt, meinetwegen, in Gottes Namen! Wenn ich den Hans auch
hergebe, deßwegen gehört er doch noch mir.

Rosl (zur Meierlin).

Ein wen'g laß ich Dir schon über.

Jörg.

Abgemacht, Punktum!

Hainstöckl (bei den Akten).

Streusand d'rauf! (Unterzeichnet, läßt sich von Konrad statt des Streusandes das Tintenfaß reichen und schüttet es darüber.) Herrgott! jetzt gibt er mir gar die Tinten her! Das ist doch stark mit Ihnen! (Auf den Fleck weisend.) Wir haben erst neulich die Weisung bekommen, daß wir unsere Er= kenntnisse nicht so dunkel halten sollen.

Konrad (zur Döpflin).

Frau Mutter, ich bin zwar durchgefallen, aber durch meine heutige Vertheidigungsrede in Sachen der Rosl habe ich bewiesen, daß ich doch ein großer Jurist bin. Bitte, Frau Mutter, nehmen Sie mich wieder an!

Xaver (weint).

Mutter! ich möcht 'n Konrad haben zum Spielen!

Frau Döpflin.

Weil der Engel fürbittet, laß ich mir's gefallen. Aber jetzt bleibst Du mir im Geschäft. Lern' was ordent= liches, nachher brauchst Du nicht zu studiren! — Vielleicht schenken mir die Herrschaften die Ehre zum Kaffe, da können wir das Andere abmachen.

Hainstöckl.

Rathdiener! Auf die Registratur mit den Akten des letzten Herenprozesses! — (Es gibt keine andere Here mehr als die auf dem Kaffee.

(Der Vorhang fällt).

Ende.

www.ingramcontent.com/pod-product-compliance
Lightning Source LLC
Chambersburg PA
CBHW022137020726
47496CB00008B/2439